方磊　著

江苏凤凰文艺出版社
JIANGSU PHOENIX LITERATURE AND ART PUBLISHING

图书在版编目（CIP）数据

世道 / 方磊著. — 南京：江苏凤凰文艺出版社，2021.4

ISBN 978-7-5594-3586-6

Ⅰ. ①世… Ⅱ. ①方… Ⅲ. ①长篇小说－中国－当代 Ⅳ. ①I247.5

中国版本图书馆CIP数据核字（2019）第071901号

世　道

方磊　著

责任编辑　孙金荣
特约编辑　邱涵斐
责任校对　张婉宜
出版统筹　孙小野
出版发行　江苏凤凰文艺出版社
　　　　　南京市中央路165号，邮编：210009
网　　址　http://www.jswenyi.com
印　　刷　三河市金元印装有限公司
开　　本　880毫米×1230毫米　1/32
印　　张　8.5
字　　数　160千字
版　　次　2021年4月第1版
印　　次　2021年4月第1次印刷
书　　号　ISBN 978-7-5594-3586-6
定　　价　42.00元

目录

世道

世道

脏老太

我奶奶让木匠给要饭的做条腿，木匠有些为难，做是能做，但要饭的原先那条木头腿用了许多年，这新做的就算绑在他腿上，他一时半会也还是不能走远路。我奶奶准备跟要饭的讲让他再留下来的时候被算命的拦住了……

1

我奶奶是一个邋遢的脏老太太。

脏到什么程度呢？

我妈跟我爸离婚多年，每次提起我奶奶的一句话肯定是“你奶奶是个好人，除了脏没什么毛病”。

而每一个去奶奶家的客人，进门第一件事就是帮她打扫卫生，因为没人看得下去。

我奶奶常说的一句话无疑就是：不干不净，吃了没病。

她信这句话，所以她真的一辈子没怎么进过医院。她 83 岁的时候，脖子上长了一个乒乓球大小的肿块，即便如此，她还是坚持不去医院。我从外地赶回家，几乎是绑架她去了医院，这是她这一辈子第一次也是最后一次去医院。医生给做了活检之后发现肿块是良性的，她就在家吃了点消炎药，连去医院打个吊瓶都不肯，一直到90岁去世没再进过医院。

奶奶总是系着围裙，怕弄脏衣服洗起来麻烦。围裙有几条换洗，但每条围裙上面都是香烟烫的破洞，等那些破洞由点连成片，就缝一块破布补上，看上去更邋遢。她爱抽烟，只抽两块钱一包最便宜的那种，别人送了她好一点儿的香烟，她也要拿去小卖部跟人换成几条便宜的，她说抽好的太浪费，因为一天得抽好几包。她除了睡觉，整天嘴里都叼着烟，一根接一根，而且从来不掸烟灰，随烟灰落在围裙上地上。

奶奶的衣服三天才洗一次，地倒是每天都扫两遍，早上刚扫完又弄脏，然后就懒得再扫，等着中午再扫。下午弄脏了地就不扫了，可以等第二天早上扫。

我奶奶做饭也不好吃。当年只要是我爸的女朋友吃过我奶奶做的饭，就没有不黄的。有一年我爸带了一个女朋友回家，我奶奶下厨做饭，折腾老半天弄出了几个菜，那个女的戳了一筷子翻了一个白眼，说难吃，吃不下去。我知道那个女的说的是实话，但人得懂礼貌，我当场掀了桌子表达愤怒，我爸和那个女的的事情就黄了。这是我奶奶做饭不好吃导致的唯一的好结果。我不太想承认，我掀翻桌子的愤怒还有一部分是来自那个女的之前说我写的字丑，虽然也是实话，但人得懂礼貌，我第一眼看她就觉得她像“狐狸精”，我也没当面说啊，对不对？

不光是做饭，我奶奶种菜也不行。每天在菜园里忙活的时间比谁都多，种出来的韭菜还没别人的小葱粗，种出来的小葱比头发丝粗不了多少，至于别的菜……她根本不会种，撒进地里的菜籽从不发芽，栽到土里的菜秧苗没两天就倒。

基本上来说，我奶奶在做家务事以及侍弄菜地方面真是一无是处。有时我都忍不住念叨："你都一把年纪了怎么什么都不会？"我奶奶常常没好气地回答："我大和我妈也没教过我，我怎么会？我们小时候又不学这些。"

通常这个时候我又要听一遍我们祖上曾经阔过的事情了。

我奶奶出生在地主家里，从小有先生来家里教她读书认字，随身有几个丫鬟伺候，出门坐轿子，家务活这种事根本沾不到她一根手指头。后来嫁人也是嫁给地主，过的还是小姐日子。再后来解放了土改了，父母和丈夫都死了，家宅充公变成了学校和政府，她带着孩子住进茅草棚子里，抬头屋顶漏水，低头草没脚踝，一张包袱皮里装着几个人的家当，一家人拢共两条裤子，谁出门谁穿。

她说："就这样，连家都没有，做个某鬼家务事欸？"

我说："后来日子不也过好了蛮，你也没学学啊？"

我奶奶翻了我一个白眼："那时候你爸你姑妈不都长大了蛮，有事他们都能做撒。"

不得不承认，她说得有点道理。

总之，等到我爸我叔我姑他们都出去成家立业，留我奶奶一个人在老宅生活的时候，她就变成了一个脏老太太。

2

我奶奶从不在乎自己的脏，也不在乎别人的脏。她在外面看见要饭的睡在街角，她过去就拉人家起来，领他到自己家住下。化缘的和尚或者尼姑，流浪的艺人，只要是睡在大街上被她看见了的，都被领回家安排住下。女的住厢房里，男的就在堂屋里打地铺。

我奶奶的衣服围裙就那么几件来回穿，被子褥子却越置办越多。

时间久了，街上的人看见那些无家可归的人都会给他们指道：到油厂后面的方老太家里去住吧。

那些人若有犹疑，街上的人还会热心地把他们领到我奶奶家，街坊邻居都知道我奶奶是不会把这些人拒于门外的。

我奶奶让这些无家可归的人住下来，倒并不是养着他们，这些人白天还是会出去，要饭的要饭，化缘的化缘，卖艺的卖艺。到了傍晚，这些人才会回来，在我家门口的井边支起一个个小铁锅，各自生火做饭，若是问我奶奶借了些油和盐，第二天也会记得还。

他们吃完了饭，收拾好锅碗，便进了堂屋，在灯下盘点一天的收成。化缘的和卖艺的收成比较好算，吐口唾沫捻一下毛票就可以了，要饭的麻烦些，那时候要来的基本都是米。我奶奶给他们拿了秤，他们挂上秤砣在秤杆上眯着眼数半天秤星，再想想米价多少，掰指头能算半天。有时我去了，他们就拉着我给算账，算完之后，我奶奶就付钱收下米，倒进自家的米缸。我有时试图阻止她收那些米，因为那是讨来的百家米，品种都不一样，有些米还生了虫，掺和在一起并不好吃，可我奶奶根本不在乎这些。

她总说：还能比观音土难吃吗？观音土我都吃过了。

我奶奶从不问这些人住多久，但她知道最久也就住到冬月，腊月之后这些人都会离开。来街上要饭的一般都是北边的，家里遭了灾没收成了，到南边来讨口活路，到年关了总归还是有个去处的。化缘的卖艺的一般住上半个月一个月就会换一个地方了。

这些人走了之后，很多都不会再回来。但也有来年又回来的，我记得有一对要饭的老夫妇，在往后的十来年，每年夏天都会来，住到秋天才走。最后一次走的时候老夫妇俩跟我奶奶说以后就不过来了，家里的儿子今年已经娶上了老婆，估计来年就能抱上娃了，以后他俩就不出来要饭，好好在家带孙子了。我奶奶挺高兴，掏出 20 块钱给老夫妇说是给他们儿子的红包。

第二天老夫妇俩上街称了两斤喜糖用红纸包着送给我奶奶，然后就走了。往后真的没再来过。

要饭老夫妇走了之后的那天晚上，我奶奶拿出喜糖给还在家里的那些人分了一下，说是那对老夫妇给的。大家都很高兴，有个新来没几天的问大家说的是哪个，姓什么的？大家都愣了一下，在方家老太这里，没人会问姓名也没人会问来路。恰好这时候，我奶奶把糖发完，看见红纸的中间用毛笔写了一个“崔”字，就回答说：“姓崔，是崔家人有喜。”

其实，我奶奶也不确定那张红纸上的“崔”字是他们请人写上去的，还是随手拿了一张原本就有字的红纸，我奶奶也懒得再去供销社打听。

3

我奶奶把离别之事看得很淡，老崔夫妇和她相识十来年，在她家里住的日子加起来也有三年多，但老崔夫妇走了就走了，我奶奶并没有表现出不舍的样子，也没有表现出期待再见的心意。

“走了好，我家又不是金屋银屋，没办法了在我这里住一住，要有更好的去处，那还不走快点，我还留他们啊？我累都累不过来了，巴不得这些人都有地方走。”我奶奶说。

我奶奶说的是实话。这些在街面上流浪惯了的人在一个屋檐底下住着，总归是有些麻烦事儿的。

卖艺的爱喝酒，喝多了总爱吹牛，一吹牛就受到其他人的奚落，动不动就会打起来。

要饭的喜欢拉二胡，算命的瞎子喜欢唱庐剧，都是惨兮兮的调子，两个人一唱一和，唱得整个屋檐底下都凄风苦雨的。

新来的打零工的哑巴手脚有些不干净，跟大伙打地铺的时候手总爱往人枕头下面伸。

都是走南闯北的人，有些人身上难免带着病，我奶奶还要想法子给人治。

白天若是下雨，这些在街头讨生活的人都上不了街，外面也不能生火做饭，我奶奶就要下厨给他们烧饭。

一桩接一桩的事情，堆在我奶奶的眼末前儿，有时她累得腰酸背疼，自己坐在床上叹气。卖艺的刚好又在外面耍酒疯，我奶奶三两步走到门口抄起扁担往地上一杵，说："你要再喝酒耍酒赖，我就把你打出去了！"

我奶奶的腰在当年挂牌子游行时压坏了，之后就再没直起来过，她睡觉时要垫上四五个枕头才能仰卧着，可想而知她驼得有多厉害。个头本身也不高，所以站在门口杵着扁担时毫无威慑力——人还没扁担高呢。

卖艺的酒劲没退，自然不听我奶奶的话，但也没喝到好赖不分，不会跟我奶奶动手，只是自己赌气跑了出去。我奶奶也随他跑，到了夜半，地上的凉气往上泛起，卖艺的自然又跑回来敲门。我奶奶借机跟他谈条件，每天只能喝半斤，卖艺的嘴上答应了，跑去酒坊打酒的时候还是要一斤，却没料到酒坊老板一天只肯卖他半斤，说是我奶奶打过招呼了。街上只有一家酒坊，卖艺的再馋酒，一天也只有半斤，大家都松了一口气。

我奶奶在菜园里看见一条蛇，自己打半天没打着，叫下工回来的哑巴看见给活捉了。我奶奶把蛇拿去街上的饭馆卖了，把蛇皮拿了回来给要饭的，要饭的把二胡换了新的琴皮之后，拉出的调子也轻巧了许多，算命的瞎子自然就和上了黄梅戏，两个人开始和严凤英的《女驸马》，比庐剧是入耳多了。

卖蛇的钱我奶奶没留着，给了哑巴，哑巴看逮一条蛇能挣几天的小工钱，也不去工地了，天天在我奶奶菜园子里溜达要逮蛇。我奶奶跟他连讲带比画了几天，让哑巴有小工做的时候就去做小工挣钱，把稳些，下雨天或者下了工就去山上逮蛇逮兔子卖钱，两不耽误。哑巴大概是发现伸手逮蛇卖钱还是比伸手去别人枕头下掏钱容易吧，每天除了上工就专心地逮蛇去了。

没有争吵琐事的晚上，这些人用了饭，就挤在我奶奶的房里看一会儿电视，等《新闻联播》之后的天气预报播完，这些人便三三两两去堂屋里打上地铺，头挨头、脚碰脚地睡成一排。我奶奶看完电视剧准备睡觉的时候，这些人通常已经睡熟了。我奶奶打着手电小心地从这些人的头脚之间的缝隙中挨个跨过去闩门，回来时顺便点一下人头。哑巴个头小，总缩在角落里，我奶奶有时把他数漏了，不得不重新数一遍。还有一次哑巴不知怎么钻到桌下睡去了，我奶奶前后数了好几遍都少一人，出去围着屋子菜地找了几圈也没找到，一回来发现哑巴从桌下滚着出来了，我奶奶气得拿毛笔给哑巴画了一个大花脸。

哑巴第二天醒来发现自己变成大花脸，没想过是我奶奶画的，以为是其他人的恶作剧，哑巴挨个儿跟人动手要打架，总被人轻飘飘地就推开了。哑巴不服气又凑过去，别人又把他推开，哑巴急得面红耳赤的，我奶奶就叼着烟在一边扫着地看着热闹，哑巴蹲在一边生闷气，我奶奶拿着扫帚在他周围画一个圈，告诉他以后晚上只能在这个圈圈里打地铺睡觉，不然就在他脸上画圈圈。前后画了几遍圈圈，我奶奶看哑巴已经明白了她的意思，便打水给哑巴洗脸，哑巴却手舞足蹈地蹦起来吱哇乱叫不肯洗脸，像个孩子一样蹦蹦跳跳地抓住每个人，指指自己的脸又指指我奶奶，自顾自地拍着大腿大笑着，大家也跟着笑了起来。

笑声，在这个穷困潦倒的屋檐下，却并不算一件奢侈品。

4

一入梅雨季，闲人和雨水一起多了起来，经常能看见镇上的人从一家的屋檐下缩着肩膀溜到另一家，或是串门儿唠嗑，或是赌点儿小钱，镇上的人会玩儿的东西不多，老人喜欢麻将桥牌，年轻一些的聚在一起基本就是炸金花和推牌九，无论在何时何地，赌场总是最聚人气的地方。

在我奶奶家住的那些人，先开了一个牌九局，输赢就是几颗炸蚕豆花的事儿，但也赌得兴起，常为押了几道押在谁家争论不休。下注的动静像电磁波一样从门窗间发送了出去，不少人都被吸引过来，渐渐地要饭的卖艺的都被挤下了场，在一边给人添些茶水拿些喜钱倒也高兴。人们玩到中午一看外面大雨瓢泼，就央着我奶奶多做些饭菜，最后赢钱的人抽点儿水钱付给我奶奶当买盒饭了，我奶奶一算账也不亏，马上就答应了。

我奶奶在厨房里叼着烟炒着菜，心里却后悔了，一是她也想上场摸几把牌九，二是她担心外面的牌局越赌越大变成聚众赌博被派出所找上门，那她就脱不了干系了。她心不在焉地拿起调料罐，把糖当成盐放了一遍，又把糖当成糖放一回，再把糖当成味精放一次，炒出了一盘齁甜的茄子。

至于烟灰掉进了菜里这件事基本可以忽略不计，这是每道菜都会有的遭遇。

要饭的像往常一样进厨房偷吃，用手捏了一坨茄子扔进嘴里，本想装作若无其事地走开。我奶奶本来也像往常一样假装没看见，但要饭的艰难地吞下那口茄子，把正在灶下烧火的我奶奶拉起来，指着厨房门口说:“你走，我来烧饭。”

我奶奶登时火大了:“你怎么不早讲你要烧饭？”

她用已经蹭得油腻腻的围裙擦了擦手上的灶灰，头也不回地走了。

要饭的先端出一脸盆大饼，五毛一个很快就被赌徒抢光了，收的钱一分不少地交给我奶奶。然后又进厨房端出了四菜一汤，招呼我奶奶和卖艺的算命的一起吃饭。我奶奶一顿饭吃得面无表情，要饭的偷偷地瞅了我奶奶几眼，最后没憋住，他问我奶奶:“好吃吗？”

我奶奶白了他一眼:“我说好吃你就能当个厨子吗？”

要饭的低头不作声了。

这个要饭的年纪不算大，只有一条腿，他的另一条腿有一半是一根钉着一圈布条的木棍——简陋得实在算不上是假肢。

算命的平时跟要饭的关系就好，这时赶紧安慰要饭的说：我给你算了一命，你42岁能时来运转，讨饭只是暂时的。

要饭的摇摇头，站起身去摸他的二胡，又拉出凄凄惨惨的调子。

梅雨天还在继续，赌徒们似乎已经把我奶奶家当作常驻据点，派出所的人来过一次，发现台面上的现金也就够买几个包子馒头，也就睁一只眼闭一只眼地算了。要饭的每天还是帮着做饭，我奶奶却每天趁雨停的一小会儿工夫，开着家里那辆快报废的拖拉机，突突突地上街头下街头四处转悠。

这一天下午，我奶奶开着拖拉机出去了一会儿又回来，接上了哑巴走了。不一会儿，他们回来了，她和哑巴从拖拉机上搬下来一个铁皮大油桶。

我奶奶找人把油桶改成了烧饼烤炉，买了一袋面粉回来，我奶奶对要饭的讲：你天天拉二胡，二胡也没让你多讨点饭，我们这边还没一家卖烧饼的，我就给你这一袋面粉，你试试看能不能做出来，做出来了你以后就不用讨饭了，做不出来你继续拉二胡讨饭。

要饭的看着那一袋面粉发愁：万一烧饼搞不出来，可惜了这么多面啊。

我奶奶叼着烟朝喧闹的里屋努了努嘴，烟灰又掉在她围裙上，她漫不经心地掸了一下烟灰："怕个屁咧，就屋里头那帮人，只要面做熟了他们就能吃，你就放心搞。"

这时外面又下起了雨，我奶奶笑了一下："这雨还有得下呢。"

5

雨季过了，聚在我奶奶家赌钱的人自然地散了场，街上恢复了往日的秩序，煤矿上工人又开始三班倒作业，运煤的大货车一辆接一辆开进镇上，街上各家饭馆门口都摆上了停车吃饭的招牌，大家好像商量好了似的都勤快起来了。一大清早，早点摊上就已经坐了不少客人，三两馄饨二两面地跟老板打着招呼，菜农们挑着刚摘下还沾着露水的蔬菜没等走到市场，便被各家饭馆老板拦住包圆儿了。

这是一年生意最好做的时候，人人都能挣到钱，就连我奶奶种的那些还不如香葱粗的韭菜，也都能卖一些了。

日头最高的时候，只见街上饭馆的小工拿着把镰刀一路小跑奔向我奶奶的菜地，一边割韭菜一边扯着嗓子喊方老太。我奶奶打开后窗瞅一眼就知道怎么回事，但小工每次还要解释一遍：生意太忙了，我先割两把韭菜回去，等下你再多割几把韭菜送过去找老板结账。我奶奶点头。小工似乎不放心还要嘱咐："多割几把啊，多了比少了好，省得我再跑。"

算命的看见了便拍我奶奶马屁："你的韭菜细是细了些，但就是比别人家的香，你看看，连饭店大厨都要你特供。"

我奶奶把叼在嘴里的烟头"呸"在了地上，撩起围裙擦了擦嘴，捞起地上的镰刀掂了一下："特供个屁哟，他就是早上买少了，要特供他咋不一早来跟我买？这么大的日头老子还要去割韭菜，等一下非要多收他一块钱。"

我奶奶说到做到，割了六把韭菜，加上小工割的两把，本来应该收四块钱，我奶奶收了五块。

傍晚时分，暑热未消，出门讨生活的人三三两两地陆续回来了，我奶奶上街把今天多得的一块"不义之财"花了，买了五根盐水冰棒回来，给算命的要饭的他们分了，还不够，哑巴晚来一步没赶上，眼巴巴地看着大家，我奶奶坐在她的破藤椅上叼着烟摇着破蒲扇说："先到先得，晚来的就看着。"

哑巴就坐在门槛上看着大家，要饭的把冰棒含在嘴里，从自己的布口袋里掏了两毛钱让哑巴再去买一根，哑巴拿了钱揣进口袋还在看着要饭的，要饭的把嘴里的冰棒拿出来朝哑巴递了递，哑巴马上接过去吃了起来，大家都哄笑说哑巴把要饭的给骗了。哑巴看着大家笑也跟着笑，要饭的笑了一下，把自己的那根木头腿解下来放在门后，用手揉着自己的残腿，哑巴讨好似的凑过来给要饭的捶了几下腿，手劲儿没轻没重的，要饭的疼得赶紧把哑巴推到一边。

日头沉到底，月亮慢慢爬起来，我奶奶指挥着大家搬竹床拿凉席点蚊香到水井边乘凉。天热了，家里人多，几个电风扇同时开太费电，我奶奶心疼。

我奶奶朝每个人脚底下泼一瓢井水，问："不热了吧？井水多凉快哎，一浇就不热了。"

有人说还是热啊，我奶奶又泼一瓢井水过去："热就多浇浇，电风扇吹多了也不好。"

我奶奶朝自己脚上也泼了一瓢冷水，然后走到角落的破藤椅上坐下，摇着蒲扇抽着烟闭目养神。

不知道要饭的和算命的是不是热得受不了了，他俩一起凑到我奶奶身边，要饭的用一条腿蹲在我奶奶腿边，他的另一条腿在门后面乘凉，算命的站在他旁边。要饭的伸手扯了扯我奶奶皱巴巴的裤腿，又给她的布鞋拍了拍灰。我奶奶睁开一只眼瞟了要饭的一眼，刚好一截烟灰掉在她胸前，我奶奶伸手撣烟灰顺手也把要饭的手撣开了。

她说："干吗，想叫妈要奶吃？你们别做梦咯，我讲了晚上不准开电风扇就是不准。"

要饭的擦了擦头上的汗："方老太，我不怕热，我不是怕热才要走的。”

“哦，要走啊？好事情，走吧。”我奶奶又闭上眼摇着扇子。

“我也一起走了啊，方老太。”是算命的的声音。

“走吧，哪个走我也不得留。”

我奶奶用烟头又点上另一根烟，朝水井边看了一眼，走了要饭的和算命的，能睡得宽敞些了吧。

第二天一早，算命的背好了自己的包裹，等要饭的出门。要饭的背着二胡和包裹，门前门后地找自己的那条腿，死活找不到。要饭的问大家，大家都说没看见，我奶奶知道了，在家里找一圈也没找到。看哑巴神情不对，我奶奶明白过来了，跑去厨房灶间一看，那根木头假腿在灶膛里已经烧成碳了。

要饭的哭倒在地，差点儿背过气去，我奶奶给他掐了人中灌了糖水，用电风扇对着他吹，总算让他缓过来一些。我奶奶跟要饭的说让他晚些天再走，她会再给他弄条“腿”回来。

我奶奶找到木匠，让木匠给要饭的做条假腿。木匠有些为难，做是能做，但要饭的原先那条木头腿用了许多年，把皮肉磨掉了多少层才跟他的腿磨合好，这新做的就算绑在他腿上，他一时半会儿也还是不能走远路。我奶奶想着那就让要饭的多留段时间吧，大不了让他开电风扇嘛，反正热天也要过完了。

我奶奶准备跟要饭的讲让他再留下来的时候被算命的拦住了……

“孩儿总要找妈的，多留一天他疼一天。他都走了1000多里地了，还差最后500里就到他妈的湖北老家了，他能不走？”算命的说。

我奶奶默默点了一根烟。

“下雨天，你给他一个烧饼炉子叫他做烧饼他就做烧饼，下雨天人有啥指望呢，现在晴天了，他又有指望了，烧饼一天都做不下去，就想找他妈，就想跟他妈问一声怎么走了就不回来了，不可怜？我是打算跟他一路做个伴，陪他去找妈妈，哪个晓得那个死哑巴烧了他腿？”

算命的瞟了我奶奶一眼，我奶奶还坐在她的藤椅上抽烟。

“哑巴人跑到工地上去了，我们是找不到。方老太，你可能找得到人？怎么也该叫他赔一条腿吧，木头腿是不中了，怎么也要赔个正儿八经的假肢吧，我看哑巴在工地上应该能挣些钱吧？”

我奶奶带着算命的找到工地，远远地看着几个工人围着一个人在打。

“我不是算命的，我都算得出来挨打的是哑巴你信不信？”

算命的看了一会儿，默默地点点头。

我奶奶和算命的一前一后地往家走着，路上不时有运煤的货车按着喇叭，我奶奶回头瞪了开车的一眼，司机从窗户里探出脑袋喊：“方老太！”原来是之前在我奶奶家赌钱的司机在跟我奶奶打招呼。

“你到哪儿啊？”我奶奶问。

“武汉，你可想去？”

“我去个屁咧，武汉热死个人的。”

我奶奶把算命的和要饭的送上货车，车子缓缓开动起来，我奶奶往车窗里丢了一个小纸包，纸里包的是一卷零钱。

“你们到了武汉再去买条腿吧！”

6

要饭的和算命的走了之后，我奶奶去工地上找哑巴。她找到哑巴的时候，哑巴浑身血污，正缩在工棚大通铺的角落里发抖，我奶奶上前扒拉了一下哑巴的眼皮，给他喂了两口水，哑巴有气无力地看了我奶奶一眼，嘴巴张了几下发出咿咿呀呀的声音。我奶奶不晓得他在讲什么，又怕他多讲话伤元气，便拿了一根烟塞到他嘴里，哑巴叼上烟头就像得到安抚奶嘴的婴儿一般立刻安静了下来。我奶奶在工棚外找到一个底漏了一个洞的竹筐，用手抻了抻，竹筐还算结实，我奶奶找了块薄木板垫进筐里，再把哑巴的破被褥铺在上面。我奶奶把装备好的竹筐搬到哑巴的身边，一只脚又一只脚，一条腿又一条腿地把像散了架的哑巴挪进了筐里，然后拽着竹筐上的绳子把哑巴从工地上拖了回去。

我奶奶把哑巴拖回去之后就开始头疼怎么给哑巴治伤，去医院我奶奶负担不起，但人又不能不救。我奶奶上山下地地找了些偏方里治跌打损伤的草药，又是熬汤药又是捣糊糊，内服外敷折腾了几天，哑巴也没见好。卖艺的也看不过眼，从包袱底翻出一瓶颜色和性状都很模糊的东西，说是自己祖上传下来的专治跌打损伤的神药，拿去给哑巴用。我奶奶替哑巴道过谢，问卖艺的这药是吃的还是搽的，卖艺的愣了一下说大概都行，这药从他爷爷到他爸爸再到他手上，从没人讲起过怎么用。我奶奶正含糊该不该给哑巴用这个“祖传神药”的时候，有个头发已经花白却盘着道姑发髻的老妇人来投宿，老妇人进门之后包袱还没放下，看见又病又脏的哑巴，掉头就走，嘴里还念叨着屋子里死气太重，她福报薄住不起。卖艺的听见了气得跳脚，跟在老妇人背后呸唾沫星子，老妇人走远之后，卖艺的又怕了起来，问哑巴会不会就这么死了。我奶奶使劲嘬了口香烟，跟卖艺的讲还是要把哑巴送医院。

我奶奶走在前头，卖艺的拖着竹筐里的哑巴跟在后头，准备去工地上找把哑巴打伤的人要点医药费。对穷人来讲，只要是扯上了钱的事都是大事，我奶奶已经做好了费一番口舌的心理准备，却没想到事情异乎寻常地顺利，我奶奶他们去的时候恰逢领导要来视察工地上的安全生产工作，工头怕起事端，赶紧掏了 1000 块钱医药费，把我奶奶他们像送瘟神一样送到工地的后门。

正是这 1000 块钱救了哑巴的命。哑巴进医院时已经感染了肺炎，在医院里住了一个多星期才好转，出院时胳膊和腿上也都打着绷带，有些正儿八经病人的样子了。

哑巴好了之后，开始对着我奶奶叫妈。之前大家并不知道哑巴是在叫妈，哑巴只是总发出“吗吗吗吗”的声音，和他以前的咿咿呀呀不太一样，后来我奶奶发现，只要旁边有小孩叫妈妈，哑巴就会跟着发出“吗吗”的声音，我奶奶这才明白哑巴的意思。我奶奶跟哑巴摆手，比画着说“我不是你妈”。说了很多遍，哑巴不知是不懂还是装作不懂，我奶奶也就随他叫去了，可给哑巴当妈并不是件省心的事儿。

哑巴一直有小偷小摸的毛病，今天在五金店门口顺一把钉子，明天在小卖部偷两瓶古井老酒。我奶奶每次在哑巴回来的时候都要检查一遍他身上的口袋，摸出来的东西多半都是偷来的，我奶奶找到之后就给人还回去，要是只偷街上的人还好说，乡里乡亲的，把东西还回去解释两句就够了。可哑巴大概是属乌鸦的，见着闪闪发亮的东西就想拿。

这天从外地来了一辆运彩绘玻璃的卡车，司机把车停在路边进饭馆吃饭，哑巴路过被卡车上的玻璃吸引得挪不开眼睛，他爬上卡车想搬走一块玻璃，可根本拿不动，于是他想到一个“聪明”的办法——用石头把玻璃敲碎再拿走。

司机找上门的时候，我奶奶正从哑巴口袋里掏出一把碎玻璃。人赃俱获，司机气得揪起哑巴的脖领子想揍他，哑巴抱住自己的脑袋“吗吗吗吗”地叫喊着，我奶奶掏出手绢包住被碎玻璃割伤的手，点了根烟，对司机讲让他出点儿劲打，打完了，玻璃钱和医药费能相抵最好。司机一听松开了拳头，哑巴窜到我奶奶身后躲着，我奶奶问司机玻璃要赔多少钱，司机却歪着头一直瞟着躲在我奶奶身后的哑巴。

“他是哑巴？”司机问。

我奶奶点点头。

“是你儿子？”司机一脸疑惑的样子。

我奶奶摇摇头。

“那你还管他？你可晓得我这一车玻璃要多少钱？”

“玻璃还值钱得很啊？”我奶奶问道，司机重重地点了几下头，我奶奶手里一哆嗦，烟都没拿住。我奶奶捡起烟吹了吹点上了，“那到底几多钱呐？”

司机伸出两个手指头，我奶奶一愣：“不是200吧？ 200我凑凑还给得起。”

“200？ 2000！这是矿上人开饭店定制的彩绘玻璃！人家可是有钱人，这几块玻璃成本就两千了，这还没跟你算来回路费啊、误工费啊，那些杂七杂八的费用呢！你个老太太没见过世面吧，不晓得玻璃都这么值钱了吧？你看看，玻璃砸了，我不能按时跟人交货我心里可急？”司机一副炫耀的口气，倒是一点儿看不出不能按时给人交货的担心。

我奶奶皱着眉头叼着烟，用鞋底踏了踏地上的彩色玻璃碴，伸手把身后的哑巴拽了出来往司机跟前推："2000我们哪个也赔不起，你看这样可中，等饭店开张了，让哑巴过去做小工，洗碗洗菜跑腿，做什么都中，拿工钱跟老板抵账可中？"

司机大笑："你这个老太太可不孬，这个哑巴不是个省心的东西，让他爸妈操了多少心受了多少罪，你把他送到饭店当小工，饭店老板没两天就要像送爹爹一样给他送回来。"

"等一下，你这么讲，哑巴有家啊？你还认得他们家啊？"我奶奶问道。

司机点头："认得，我这就去挂电话找他爸妈来领人，这损失就让他爸妈来赔吧，好赖他家还有点钱。"

我奶奶撩起围裙给哑巴擦了擦脸，哑巴想跑，我奶奶使劲儿拽住了他，把他的脸对着司机。

"你可看清楚了，他真有家里人在找？"

"百分百！"司机肯定地说道。

司机跟我奶奶讲，哑巴原来在家的时候就调皮捣蛋得很，他爸妈都很惯着他，后来哑巴的爸妈生了个二胎，两个人大部分心思都放到小家伙身上了，哑巴心里大概是怨恨了，突然有一天就跑了，这一跑就大半年，家里人找得着急。保险起见，这两天得把哑巴看好了，省得家里人找来的时候哑巴又跑了。于是我奶奶又许了卖艺的一斤酒，让他看住了哑巴。

可等哑巴家的人找过来的时候，哑巴还是跑了。卖艺的醉倒在我奶奶家的屋檐底下，怀里还抱着两瓶古井老酒的空瓶，我奶奶一看便明白了，哑巴用两瓶古井老酒把卖艺的从她手里给收买走了。我奶奶长叹一口气，回头看看哑巴家里的人，也并不是凶神恶煞的模样，哑巴怎么就不肯回家呢？躺在地上的卖艺的似乎读懂了我奶奶的叹息："你，你就是一个脏老太太，这天底下这么多人，这么多事情哪，你到底想管多少？"

我奶奶把卖艺的从屋檐底下拖进屋，一边拖着一边说："我能管多少管多少。"

安顿好卖艺的，我奶奶点上烟，借着抽烟喘了口粗气。

"走，我带你们去找哑巴。"我奶奶叼着烟说道。一小截带着火星的烟灰又落在我奶奶胸口，"刺啦"一声，她的围裙上又多了一个破洞。

世道

肖老头

肖老头一早拎着小板凳揣了一块花生酥准备出门看戏，路过我奶奶家的时候探了一下脑袋。肖老头进屋转了一圈，看见西厢房的门掩着，推了一把，看见在床上呼呼大睡的小尼姑，『哎哟，要死哦要死哦。』

1

洪水退了，镇上来了赈灾慰问演出的戏班子，戏台搭在油厂大院里，一天三场，唱的是《女驸马》《天仙配》《夫妻观灯》。头一天，肖老头就着天时地利，抢到一个好位置，一场不落地看完了，心满意足地背着手哼着戏曲儿往回走。

到了家，屋子里一片漆黑，肖老头在黑处摸了半天，没摸着蜡烛。他摸了摸身上口袋，发现也没带火柴，没得法子想了，他叹口气，扯亮了灯，瞄见了歪在桌子角落的蜡烛头和火柴盒，他迅速地关上灯，朝着蜡烛的方向摸过去。

肖老头举着蜡烛去灶间找吃的，他家老婆子又在教会住了两个礼拜了，这半个月他总在吃开水泡锅巴，有时到了半夜胃里就有些翻江倒海的，可倒是省了不少菜钱，还是划得来。肖老头这么想着又从铁皮罐子里掏出两块锅巴放进碗里，用筷子挑了点儿猪油点在锅巴上，撒些盐，滴了几滴酱油，冲上开水，用另一只碗盖上，小心翼翼地端到堂屋，他年纪大了牙口不好，锅巴要泡很久才能吃得动。等锅巴泡好的工夫，他凑在蜡烛上点了根烟，按他的习惯是饭后一支烟，但这根烟是我奶奶看戏的时候递给他的，他破例在饭前抽一根，反正这不算在他老婆子给他规定的一天五支烟里头，老婆子回来要数香烟的话，他也是不害怕的，肖老头抽完烟，起身准备去闩门的时候，看见门外有两个黑影。

“哪个哎？要是要饭的、借宿的到隔壁那家去。”肖老头招呼道。

我奶奶摸黑出门收衣裳，衣裳刚抱在怀里，转身就看到两个黑影凑了过来。

“哎哟！黑死老子了！”我奶奶惊得嘴上的烟头都掉了。

“阿弥陀佛，阿弥陀佛，阿弥陀佛。”两个人影后退了几步。

我奶奶弯腰捡起烟头，快步走到门口扯亮了门前的灯，才看清门外站的是两个小尼姑。两个小尼姑看上去年纪都不大，个头都没长开的样子，穿着素衣，斜背着包裹，手里捧着一个铜钵。

“进来吧。”我奶奶让开门。

“吾们听港（讲）……各（这）个……地价（界）……”

小尼姑讲得吞吞吐吐，口音也是外地的。

“我晓得了，你们讲得我也听不懂，进来歇着吧。”我奶奶打断她们的话。

小尼姑双手合十，鞠躬道谢，跟我奶奶进了屋，左右张望着。我奶奶从裤腰上掏出一挂钥匙，摸了半天找出一把钥匙开了西厢房的门。

“你俩住这里头，茅厕在后头，灶间在那边。”我奶奶一边说一边给她们指出方位。

两个小尼姑似懂非懂地看着我奶奶，我奶奶拉着她们在屋里头走了一圈才让她们明白。

第二天一早，肖老头拎着小板凳，揣了一块花生酥，准备出门看戏，路过我奶奶家的时候探了一下脑袋，发现堂屋里没人。

“方老太，人咧？”

没人答应他，肖老头进屋转了一圈，看见西厢房的门掩着，肖老头推了一把，看见在床上呼呼大睡的小尼姑。

“哎哟，要死哦，要死哦。”

肖老头赶紧退出来，揉了揉眼睛拍着屁股跑了。

在油厂门口，肖老头遇见了我奶奶。

“欸，方老太，我看你家来了两个小尼姑哎。”

“嗯，昨晚就来了。”

“两个小姑娘望着年纪不大，怎个跑这么远？莫不是山水冲了尼姑庵，下来化缘了？我们这一片山上哪有尼姑庵，好像没得尼姑庵吧，那她们是从哪来的？听讲现在有骗子冒充尼姑骗钱的哦，方老太你要小心点。”肖老头嘱咐道。

肖老头想起昨天夜里门外的两个人影，应该就是这两个小尼姑，人也算是他打发到我奶奶家的，可别让我奶奶吃了什么大亏他受牵连。

2

肖老头是附近出了名的热心肠，喜欢在街上晃荡，家家户户有事儿他都上赶着帮忙跑腿，自己家的裁缝活儿成堆了，别人一请他去给谁捎个话，他能立刻起身就走，这样闲不住的性格竟然当了裁缝也是令人诧异。他不仅腿脚闲不住，嘴也是闲不住，爱打听事儿，周围十里八里发生的大大小小的事儿没他不知道的。发洪水前他刚去城里的女儿家小住几天，没想到洪水冲了路，他在城里耽搁了一个多月才回来，这一回来就管上事儿了。

戏台上正演女驸马跟公主表明自己女儿身的一出戏，《女驸马》里最重要的也是大家最喜欢的一场戏，肖老头抿着嘴憋着一股劲，等不及台上唱完这一出，便挤到我奶奶身边，我奶奶叼着烟眯着眼专心致志地看戏，装作没看见肖老头，肖老头也不起来，他戳了戳我奶奶的胳膊。

“我刚才帮你回去看了一眼，那两个小尼姑没出去化缘，在你屋里头写毛笔字呢，我看着那支毛笔是你的。”肖老头说。

我奶奶不作声，依旧盯着戏台子。

“这个戏昨朝就看过了，还看啊？你可要我回去帮你再看看她们到底在搞嘛？”肖老头又戳了戳我奶奶，“讲正儿八经，现在假尼姑多得很哦，你就不怕她们翻你东西啊？”

“我怕她们把我的破屋搬走啊我怕？就算是骗子我又没得钱给她骗。我怕个啥。”

肖老头看我奶奶嘴上这么说，却已经站起来准备回家的时候，他激动地一拍巴掌：“嘿！方老太！我就晓得你天天哭穷是假的，你肯定偷偷存了宝贝，被我讲怕了准备回去看看了吧？”

“看个屁！我回去蹲茅厕不中啊？”我奶奶白了肖老头一眼说道。

我奶奶正要走的时候，戏台上的锣鼓声忽然乱了，戏也没唱了，只听见“啊啊”乱叫声，接着人群也闹哄起来，我奶奶拎着小板凳不知发生了什么，一看肖老头，不知什么时候已经挤到戏台顶靠前的地方去了。我奶奶摇摇头挤出了人群，反正有肖老头这种“包打听”在，么事情都错不过。

肖老头身上大约也有“包打听”的责任感，他踮着脚仰着脖，胳膊一刻不停地往两边划拉，竟在人海里畅游无阻，眼观六路耳听八方，一路嘴也没闲着，左右搭几句话，没多久他知道的已经比别人都多了。

我奶奶还没走到油厂门口，只听背后有人喊:“让让，都让让。”

我奶奶回头就看见几个人抬着一个穿着戏服、脸上妆都花了的小伙子哼哧哼哧地小跑着，许多人都跟在后面小跑看热闹，在路过我奶奶身边的时候，她看见小伙子搭在胸口的手已经肿得像包子了，她啧啧着嘴让到了一边。

我奶奶到家的时候，两个小尼姑果然在用她的毛笔写字，我奶奶凑过去看了一眼，发现两个人正在抄经书。我奶奶坐在一边点了根烟，又站起来瞟了两个小尼姑一眼，又坐下。

“你俩第一回写毛笔字啊？”我奶奶问。

两个小尼姑这次一下就听懂了，摇头说不是。

我奶奶也听懂了，她狠狠叹了口气:“捉毛笔不是你们那样捉的。”

我奶奶走过去纠正了她们握笔的姿势，顺手拿起笔给她们示范写字。

“你叫么名字？”我奶奶问小黑尼姑。

“顿超。”小黑尼姑双手合十答道。

我奶奶在纸上写下“顿超”二字。

“我叫顿智。”不等我奶奶问，白白的小尼姑便迫不及待说道。

我奶奶又在纸上写下“顿智”二字。

顿超和顿智兴奋地把我奶奶给她们写的名字拿过去，挨着肩悄笑着比着字。

这时，肖老头走到了我奶奶家门口，双手背在身后，抑扬顿挫地喊着：“方老太欸，我跟你讲哦，可是出大事咯。”

“能有么大事？”我奶奶不以为然。肖老头喜欢夸张的秉性屋前屋后的人都晓得。

肖老头倒吸了一口气啧啧了两声才说道：“那个唱戏的被蛇咬了，那蛇可不是一般的家蛇，也不是菜花蛇，是毒得要死的土巴呆子蛇哟！现在人送到医院，医院也没得法子，正在到处找血清，不晓得能不能救得回来。”

肖老头说得激动，嗓门也大起来，两个小尼姑也好奇出了什么事情，趴在厢房门框上听着闲话，也不知道能听懂几句。

“我估猜八成救不回来了，就算找到血清送到我们这儿，也要好几个小时吧，那还有得救？就算救回来，那个人的胳膊也废了，怕要截肢哦。”肖老头依旧自顾自地唠叨着。

“那胳膊可绑了？”我奶奶问。

“绑肯定是绑了，那个罗家的小三子前几年不是被蛇咬过吗？他有经验，晓得要绑，口子也给划了，毒血挤了不少，但没得药你有么办法，不只有等死？唉，作孽哦。”肖老头背着手摇头叹气。

说来也怪，肖老头和我奶奶讲话也用的是方言，顿超和顿智两个小尼姑却听懂了七七八八，顿智轻轻咳了一声，我奶奶回头望了一眼，顿超迎着我奶奶的眼光点了点头，招呼我奶奶过去。

顿超掏出一本泛黄的手抄本，翻开一页递到我奶奶手里，我奶奶一看，上面写着“蛇毒疗法”，配了草药的图。肖老头好奇，凑上来想看一眼，两个小尼姑同时挡住了肖老头，肖老头不甘心地退了两步，眼睛还朝那边瞟着。

“写的么东西怎还不让看欸，方老太？”肖老头问。

我奶奶皱着眉舔了一下手指准备翻页，也被顿智挡住了。

“鸭跖草是么东西，肖老头子你可晓得？”我奶奶问。

“讲名字我哪晓得，书上讲的东西跟我们讲的话都不相同，可有图画出来？我看看保管能晓得。”肖老头说着又凑过来。

“就让他看一眼。”我奶奶说着把本子递到肖老头眼前。

肖老头还真一下就认出来了。

“这个东西双塘那边长了许多，这个能治蛇毒？那我赶紧叫人去摘了搞给那个唱戏的试试瞧。”肖老头说着就走开了。

3

那个唱戏的最终被救回来了。在镇上人把鸭跖草送到医院之前，血清就已经找到了，唱戏的转危为安。可不知怎的，镇上却传起了我奶奶家的小尼姑是个神医的闲话，这让肖老头隐隐有些不安，他在说服镇上的人帮忙采鸭跖草的时候确实顺嘴说了句“那两个小尼姑可神得很哟！”，这是他原原本本的话，一个字都没掺假，“神得很”跟“神医”可差得老远呢。

“神医小尼姑”这闲话在镇上传得神乎其神，我奶奶家的门槛都快要被人踩烂了。有病的想来求医看个病，没病的也来瞧个热闹看个新鲜。这闲话的势头看起来比去年的“红衣避灾祸”来得还要凶猛。

去年镇上也是出了一件大事，一辆超载的中巴车在路上翻了车，一车几十号人死的死伤的伤，唯独一个红衣男子毫发无损。不知道谁先起的头，说红衣男子能侥幸逃过这一祸事都靠身上这件红衣裳，男人穿红衣可以避灾祸的闲话借着风就传开了，可哪有几个男人肯自己买衣裳，又肯买红衣裳的？自然是家里的妇人家出手去买，一时间街上的红衣裳都卖断了货，男人穿没穿红衣裳也成了判断一个小家庭是否和睦的风向标了，婆婆盯着儿媳，儿媳盯着妯娌，个个明里暗里都较着劲，只有卖衣裳的人笑断了腰。在街上的男人几乎人手一件老婆买的红衣裳之后，闲话又变了风向，说那个中巴车上的红衣男子穿的是姑妈买的红衣裳，只有姑妈买的红衣裳才能避灾祸。到了这时，街上有许多人已经不信这个邪了，但姑妈们不敢不信，咬牙给自己的侄儿们买上红衣裳送过去，说是给侄儿避灾祸，实际上也是给自己避灾祸，万一侄儿们真出了事情可就怪不到她们头上了。

肖老头知道这闲话传起来就没那么容易消停，但到这时候他心里反而踏实了些。一是因为传闲话的人太多了，没人会去管源头在哪儿，就好像去年最后大家都猜姑妈买的红衣裳才能避灾祸的闲话肯定是卖衣裳的人传的，但没人会去管是哪个卖衣裳的人传的一样；二是因为那两个小尼姑有本当宝一样收着的医书，说不定还真是小神医呢。肖老头把自己身上的负担择干净之后，便轻轻松松加入传闲话的队伍，这可是他除了做裁缝之外最拿手的事。

两个小尼姑上街化缘时也总被人拉住问东问西：你们师父可

是神仙？你们可真能几天不用喝水吃饭？这些问题小尼姑都听得懂，但她们怎么否认也没人信。一条街走下来，钵子里的角子毛票没多少，两个小尼姑的衣裳袖子却被扯烂了。两个小尼姑气呼呼地回到我奶奶家，躲进厢房里各自缝衣裳，又各自埋怨着。我奶奶听不懂她们说什么，但看得出来两个人都很生气。我奶奶劝她们在家歇两天，闲话总有消停的时候，顿超一听歇两天立刻点了头巴不得的样子，顿智有些忧虑到时候捧着空钵钵没脸见师父。傍晚的时候，来串门的肖老头给两个小尼姑出了个主意，让她们在家抄些经文送人去结善缘，不用在街上风吹日晒地跑就能把钵子装满。

我奶奶对肖老头的话根本不信，就凭两个小尼姑那“鸡爪”抓出来的字样，能有人给钱才怪，就算有个把人给钱也是“不看僧面看佛面”，小尼姑的字肯定是一文不值，想把钵子装满是天方夜谭。肖老头拉着我奶奶打赌，我奶奶嘴里那个“好”字还没吐出来又咽回去了。肖老头平时小气得很，今朝这么上杆子地要打赌肯定有些把握，我奶奶只好假装要帮小尼姑再找些纸墨，躲开了肖老头。

第二天一早，两个小尼姑就在厢房里抄经文，我奶奶在一边看得直摇头，直念叨着要是往年时候，她私塾老师看见这样的字可能会把戒尺打断。“你们真是赶上了好时候。”我奶奶对两个小尼姑说道。我奶奶把纸铺平了压好，提笔蘸墨，也在一边随小尼姑抄起经来。

肖老头一早上也没闲着，他坐在井边捧着茶缸、嚼着茶干子的工夫，已经“接待”了好几个人。

“我这就是接待处，想找两个小尼姑，先到我这儿登个记。”肖老头晃着二郎腿笑嘻嘻地对走过来的罗三子说。

罗三子给肖老头递了根烟，朝屋里努了努嘴：“还真是神医能瞧病啊？”

肖老头接过烟夹在耳朵上，笑了一下：“嘿，她们给不给你们瞧病我不晓得，但想来瞧热闹瞧新鲜的，今天起也不能随意瞧了。”

“为嘛？”罗三子愣了一下，“有她俩在，方老太家的屋门槛还高了？”

“你过来。”肖老头朝罗三子招招手。

罗三子凑近耳朵，肖老头在他耳边嘀咕了两句。

“转世灵童，哪个是？”罗三子问。

肖老头白了罗三子一眼：“什么哪个是，菩萨身边不都是两个灵童吗？”

罗三子有些疑惑：“还真有转世灵童啊？”

肖老头摇摇头：“我也不晓得，就是听人这么讲过，这些都是闲话，信不信嘛在你个人。”

罗三子抓抓脑袋：“晓得的人多吗？大家要都讲是的，那我也信。”

肖老头呷了口茶："我坐在这儿，就是因为来求她们的人太多了，不管她们是不是真的灵童，她们肯定是真的尼姑撒，我帮她们一点儿忙，也算是帮菩萨一点儿忙，可是这个道理？"

罗三子点点头。

"你今朝可有正事？你要有正事我就给你排个时间，你到点来就中，烟也不能白吃你的。"肖老头掐着烟头说道。

罗三子摆摆手："我没得么事情，就是来望望。"

罗三子说完转身要走，走了两步回过神来："肖老头，你家婆娘不是信上帝的吗？你在帮菩萨忙……"

肖老头笑眯眯地拿着茶缸盖刮茶沫儿，一边刮一边说："神有神的安排，人有人的主意，都不妨碍的，不妨碍。"

4

肖老头在井边坐了一个上午，又坐了一个下午。到了晚饭间，人们在饭桌上讨论的就是两个小尼姑是转世灵童的事了。

“转世灵童是吗，能有么用？”

除了家务活别的什么都懒得多操心的妇人，端着碗一边给当家的夹菜一边问道。

“这你都不晓得？转世灵童不就是在人间的神仙嘛，也就是不用去庙里头就能拜的菩萨，可稀奇可难得哦！”

喝着酒的当家男人心里其实也在疑惑着转世灵童到底是什么，但妇人家问起了总不能讲不晓得，男人总要些脸面，编也要编个说法哄一哄妇人家。

妇人听着是当了真：“欸？你腰疼总不好，那我去帮你拜一拜看可有用。”

当家男人捻了一颗油炸花生放嘴里嚼了又嚼，看了看妇人的脸，还有她期盼的目光，决定什么都不多讲了。妇人家都是为了他好，再说万一转世灵童真的是神仙呢？万一呢？

第二天一大清早，许多人抱着“万一呢”的想法到了我奶奶家门口，肖老头照旧坐在井边“接待”。这一回肖老头身边还摆着一张凳子，凳子上放的是头一天两个小尼姑和我奶奶一起抄的经文，在小尼姑化缘的铜钵下压着。

“面呢，今朝肯定见不到的，小师父有事出门了，你们看，门都是上锁的。”肖老头指了指我奶奶家的大门。

“但缘还是能结的，这儿有两位小师父手抄的经文，请回去放家里也是好东西哦。”

肖老头说着扣着手指敲了敲铜钵，“当当”两声，把人们的眼光哄到了手抄经文上。

一开始，人们站得紧紧的，你看我我看你，不时嘀咕两句，没有人上前，也没有人退后。这时罗三子拨开人群站了出来，走到肖老头跟前伸了手，肖老头把一张经文递到罗三子手上。

“多少钱？”罗三子问。

肖老头笑眯眯地指着铜钵：“随缘，随缘。”

“随便给？”罗三子又问。

肖老头点点头：“小师父吩咐过了，随缘随意。”

罗三子掏了掏口袋，在5块、10块、50块、100块的人民币中间犹疑着。

肖老头:“莫要有负担撒，你觉得值多少就给多少嘛。”

罗三子抽出两张 10 块的放进去，自嘲地笑笑说:“在我家里 20 块钱的主我还是能做的。”

肖老头故意提高了音量说道:“都是心意，不在多少。”

有了罗三子打的样，加上肖老头的这句话，人群开始松动了，又有人上前跟肖老头伸手拿手抄经文，他们在走出人群时心里打算的是丢些零钱角子拿了手抄经文就走，也不算白跑一趟。但人们走到肖老头跟前，成为大家目光中心再掏钱的时候，又改了主意，往铜钵里放的都没少于 20 的。给得比罗三子少的话容易被人笑话：在家里连 20 块钱的主都做不了吧。

没一会儿的工夫，小尼姑的手抄经文已经都跟人结了缘，门口的人群也都散了，肖老头掏出钥匙打开了我奶奶家的大门，我奶奶探出头看了一眼:“都走了？”

肖老头点头，乐呵呵地把装得满满的铜钵端进屋，顿超和顿智两个人有些看呆了。

我奶奶也有些惊讶:“就她们那些写得跟鬼画符一样的字卖了这么多钱？”

肖老头拍着自己的胸脯:“也不看看是哪个出马？”

我奶奶敬给肖老头一支烟:“我看啊，能让小尼姑给你分红了。”

肖老头往地上呸了一口:“方老太你讲的么鬼话？我这是义务

帮忙，哪能要分红，哪能跟菩萨抢钱？”

两个小尼姑一边整理着钞票一边笑着颂佛号：“阿弥陀佛。”

“欸？怎的我辛辛苦苦抄一天的经文一张没卖出去？”我奶奶搬屋外的板凳时发现自己抄的经文一张没少地还在凳子上。

“她们的笔头子一点儿劲都没的，横不平竖不直的字都能卖钱，怎的我的卖不了？肖老头子，你到底使的么法子？”我奶奶有些生气。

“欸！我跟你讲了，这不是字的事情，你字写得好，但没人认也没得用哦。”

我奶奶哼了一声，把她抄的经文揉成团，等烧饭的时候点火用吧，只能这样了。

有了肖老头的帮忙，两个小尼姑很快完成了她们师父给的任务回去了。临走之前，两个小尼姑送了一个菩萨像给肖老头表示感谢，肖老头笑嘻嘻地把菩萨像请到了自己家的堂屋，摆在条台的正中间，上面就是他婆娘的基督教的挂历。

肖老头正在杂货店里让老板给找个香炉，他婆娘背着包风尘仆仆地找了过来。

“欸，你不是要在教会住三个月吗？”肖老头问。

“我不回来我看你是要造我的反了！我听讲你在帮什么小尼姑化缘，家里还摆上菩萨像了？菩萨像是我们家能摆的吗？！”肖老太狠狠瞪着肖老头，眼珠子瞪得老大。

肖老头嘿嘿笑道："你在家呢，我就不摆，你不在家我就摆一下嘛。"

这时杂货店老板在货架深处翻出一个香炉递给肖老头："可还要吗？"

肖老头看了一眼肖老太。

"不要了不要了，麻烦你了！"肖老头跟杂货店老板说。

"我看你是要找死。"肖老太伸手拉肖老头往外走。

"你要不走我就把菩萨甩出去，你要走我就把菩萨请回来，你莫要再走了嘛。"肖老头任肖老太拉着走。

肖老太回头又瞪肖老头，眼珠却没之前瞪得大了。

"晚上给我烧两个好菜吃嘛，我以后再也不想吃泡锅巴了。"肖老头说道。

吴老太

吴老太经常跟街坊邻居们叫嚣：有我没她。平日里还好，一到有红白喜事的时候，街坊邻居总头疼，请方老太，吴老太不满意，总得在热闹的时候甩些脸子。

1

远近街坊都晓得，吴老太把我奶奶当成水火不容的宿敌。两家住斜对门，却不来往。

吴老太经常跟街坊邻居们叫嚣：有我没她。平日里还好，一到有红白喜事的时候，街坊邻居总头疼。两个一起请，吴老太必然也不满意，总得在热闹的时候甩些脸子，搞得大家都不愉快；可只请我奶奶一人吧，被吴老太晓得了更是不得了，桌子都能给你掀翻了；请吴老太不请我奶奶，他们心里又过意不去，我奶奶和邻居们相处得都很好，从未跟人红过脸闹过矛盾。

做人难哦。邻居们总是这么讲。我奶奶倒不觉得难，她不很喜欢凑热闹，邻居们有大事小情的，礼数到了人不用去，反而觉得松快。我奶奶常跟办事的人家讲“有你请我这个心意就中了，我不得计较和挑理的”，劝办事的人家宽心。

我奶奶越退让，吴老太的气势越凶猛，吃完喜酒拎着回礼回来，总要站在自家门口大声地跟人寒暄一阵，有些跟我奶奶示威的意思。我奶奶已经退了一步，再退一步也无所谓，哪怕她就站在自家井边跟吴老太距离不过十米，吴老太再怎么得意她就当睁眼瞎看不见，她该挑水挑水，该洗涮洗涮。

我奶奶的不生气，反而让吴老太气坏了，她有一种“出拳打在棉花上——白费力气”的感觉，心里总是憋着股气。大概是气憋得多了，吴老太整个人也鼓胀起来，连出门都有些费劲，夏天的时候她常常需要用手把挂在腰上的肚皮拎一拎才能从门里走出来，冬天得侧着身子挤一挤才行。当然这不能全怪吴老太，吴老头当年造屋为了省木料，在土墙上挖了个一人高的洞装了扇小窄门，吴老太常常发狠话要把门给劈了。但后来真正动手劈门的是吴老头，在吴老太又一次抱怨他没屁用、总在委屈她的时候，吴老头抄起斧头把门给劈成柴火烧了。吴老头这把火气出得是淋漓尽致，出完了之后有些傻眼，本来他想找木匠打扇新门装上算逑，但吴老太死活不依，拿根绳子搭在门口的树上，吴老头要不把土窑一样的屋拆了重盖她就上吊。

吴老头有那么一瞬间想着她吊死了还好些，没了她还能过得清净些，但他看见吴老太找了身红衣裳穿着心里又害怕了。吴老头一个杀猪佬出身，却向来怕鬼，吴老太要是穿一身红衣裳上吊，怕是想变成厉鬼索他的命，现在的日子糟心，但还没到不要命的地步，况且他也在“土窑”里住了大半辈子了，把姑娘儿子都盘大了成了家，找他们要些钱盖两间红砖房晚年享享福也讲得过去。吴老头盘完了心思，让吴老太把绳子收起来，让她先到儿子家要钱去。

吴老头的这些心思瞒不过吴老太，不然她也不敢把绳子搭上树，吴老头没活够，她更没有。她在“土窑”里给几代单传的吴家生了三个儿子一个姑娘，这个功劳让她在吴老头头上做窝拉屎大半辈子了，要两间红砖房吴老头还能真让她上吊？她唯一后悔的是这两间砖房要晚了，当年她跟我奶奶同一个月嫁到这条街上，我奶奶家那时还是两间草屋，她家房子虽然是土墙，但上头好歹盖的是瓦。结果有年发大水，大雨把我奶奶家的草屋顶冲塌了，她家屋一点儿事没得，吴老太还没来得及得意，谁能想到我奶奶家竟然就把草屋拆了，扎扎实实盖了几间砖瓦房。我奶奶家新房上梁的那天，吴老太咬咬牙送了五块钱礼金，却被我奶奶退回来了，我奶奶讲吴老太家小伢多、负担重，留着钱给小伢们补营养。吴老太却觉得我奶奶瞧不起她，盖了新房人就抖上了天，我奶奶一直都没想到是她的新房上梁把梁子上到了吴老太的心里头。

想到这些，吴老太去儿子家要钱的路上心里就改了主意，她打算跟儿子多要些钱，回头盖个楼房，现在盖砖瓦房哪怕比我奶奶家多一间也只能算打个平手，她心头不服。她的儿女们个个都比我奶奶家的几个儿女们混得好，儿女们出钱给她盖个楼房，街上哪个人不都得夸她儿女们孝顺？儿女们脸上也光彩些。

吴老太先到了大儿子崇礼家，崇礼老婆看见吴老太上门，脸上笑嘻嘻、嘴里客客气气的，端上的茶却是茶叶沫子冲的，吴老太心里晓得大媳妇不喜欢她，茶都没端起来喝一口，直接开门见山地跟崇礼要钱盖房子。崇礼听讲是要盖楼房，心里一抖，他这两年做生意折了本，就面子头上还在撑着，家底都快被掏空了，他妈这时候来要钱，他要讲生意折了本，他妈肯定不信，以他妈那张嘴，能把他骂脱一层皮，还是先把皮球踢一下再讲。

崇礼笑嘻嘻地哄着吴老太："妈，你跟我大大年纪都大了，老胳膊老腿的爬楼梯万一摔了怎搞？我虽然是老大，但盖楼房这个主我一个人做不了，还是先跟崇贤崇达两个人商量一下再定，你看呢？"

吴老太走了一段路累得口干舌燥的，忍不住端起茶叶沫子水喝了一口。听崇礼讲完，吴老太往地上"呸"了一口，呸出些茶叶沫子，崇礼看着地上那些茶叶沫子，知道他妈生气了，这个皮球估计是踢不动了。

崇礼叹口气："妈，我不是讲不同意，你要不今朝先回去，我晚上喊他俩来一起商量一下，明朝一早我们三个一起回去跟你和我大大商量这房子的事情可中？"

吴老太撑着椅子扶手站起来，崇礼连忙上前扶一把，吴老太重重地喘口气说道："不管你们几个怎么商量，楼房是一定要盖的，你们哪个不拿钱，我和你大大就在哪个家门口喝农药。"

吴老太在崇礼面前撂了句狠话，等于也撂在了崇贤崇达两个人面前，他们都了解吴老太作天作地的性格，她讲要在他们家门口喝农药，她就能做得到，虽然她不至于真喝下去，但在家门口街坊四邻眼前闹这么一出，他们三兄弟日后也没法做人。三兄弟晚上凑在一起合计了一下，还是拿些钱出来买个安生吧，况且盖房子吴老头总要拿些钱，不然他的钱也是给了酒瓶子，留不下给他们兄弟。房子盖好了让老两口住几年，等老两口归西了，房子卖掉，钱他们几个再一分，还能赚到吴老头出的那份，这个买卖亏不了。三兄弟合计完了又把妹妹桂芳也喊了来，要出钱给老两口盖房子，多一个人分担也是好的，桂芳虽然嫁出去了，但也是爸妈生的，按人之常情来讲，她多少总要拿一些。

三兄弟算盘打得响，妹妹桂芳却也不傻，她先问她出钱盖了房子，以后老两口死了，她能不能分一份？三兄弟之前没打算带桂芳分，但桂芳提了，只得讲到时候按照出钱的比例四个人分。就这样，楼房还没在纸上画出来就被四个人分了一回。

2

吴老太不晓得儿女们的心思怎么盘算的，反正钱是拿到手了，三个儿子一个人给了三万，姑娘给了一万，吴老头把压在箱子底的存折拿了出来取了五万，总共 15 万，盖房子加装潢将将好够了，吴老太为此欢喜了几天。但在动工之前，吴老太心里又窝了火。

吴老头不知道在哪儿找了一个风水先生来了家，风水先生讲要盖新房子可以，老房子却拆不得，吴家几代单传到了吴老头这里有三个儿子，功劳都在这老房子风水上，拆了老房子盖新房，地基一挖，风水可能就破了，儿孙运可就断了根，新房盖在老房子边上倒是无碍。吴老头听了心里高兴得很，吴老太仗着给他生了三个儿子的功劳在他头上作威作福这么些年，原来还是他的“土窑”房子盖得好的功劳。吴老太被抢了功劳自然不高兴，但她只是在心里窝火没发作，盖新房才是眼前的大事，她还等着新房盖成在我奶奶面前彻底得意一回，可偏偏事事都不如她的意。

新房地基刚开始挖，吴老太家的老屋旁边一块空地就出现了塌陷，新房要么只能少盖一间，要么只能往外挪个三米的距离，可这个三米是我奶奶家的地界。吴老太不想少一间房，可让她去求我奶奶她又做不到，她心里憋不住火只好骂吴老头不肯拆老房子，是个废物东西，吴老头自从晓得他的儿孙运是老房子风水好的缘故后变得不太经骂，吴老太刚骂两句，吴老头就还了嘴，反过来骂吴老太不和睦人。

吴老头和吴老太两个人在家你一句我一句吵翻了天，吵到后来又动起了手，摔盆砸碗弄得街坊四邻都不得安生，不得不过去劝架。我奶奶不用出门，在家就听明白了事情原委。我奶奶绕着自家房前屋后转了一圈，吴家新房想占的那块地旁的没有什么，只有一棵我爷爷生前亲手栽的槐树已经成荫，她有些舍不得给砍了。她朝吴家望了一眼，吴老太正在地上撒泼打滚，几个人拉都拉不起来，她犹豫了一下还是进了屋。

我奶奶回家想了又想，让半分地换一个和睦邻居还是值得，只要让他们请人把我爷爷种的槐树挪个地方就中，至于挪不挪得活就看那棵槐树自己的命了，总不能又让吴老太闹着要去树上上吊。

我奶奶自己拿好了这个主意，上了吴家的门，邻居们还在劝架，我奶奶挤进人群，吴家的锅碗瓢盆碎了一地，吴老太坐在地上捶胸顿足，吴老头脸上已经被挠花了，坐在一边抽烟，几个老头围着他一是安慰，二是怕吴老太再动手给拦一拦。

“老吴，你们莫要再打了，我想好了，那块地我让给你们家盖屋，不用你们哪个来求我。”我奶奶开门见山地说道。

吴老头愣住了，吴老太反应比吴老头快一些。

吴老太胡乱抹了一把脸整理了一下抓乱的头发，扶着身边人站了起来。

吴老太说：“给我？你有那么好心啊，你想要多少钱？”

我奶奶摇摇头：“我不是问你们要钱，你们只要找人帮我把那棵槐树挪个场子，那块地就给你们，你们也都晓得，那树是我家老头子在世的时候栽的，他走得突然，没给我留个么念想，就剩这棵树了，要是砍了我心疼。”

吴老太一听有些不屑：“随手栽的树秧子，见风就长，也没看你浇过水施过肥，还拿它当个宝贝精一样的？我帮你砍了劈成柴火你还能烧几顿饭，挪树？那么大一个树怎么挪？”

我奶奶听吴老太这么一说眉头皱了皱，她虽然对吴老太总是忍让，这一回也是自己主动为她家新房子着想，吴老太既然不领情，我奶奶也用不着热脸贴这个冷屁股，转身想走。

吴老头这时反应过来，朝吴老太吼了一声：“你这个老婆娘赶紧给老子闭嘴吧！”

吴老头站起来喊了我奶奶一声：“方妈，你莫要听她的，我家我做主，那棵树我喊人帮你挪，你愿意让地给我们盖屋，这点小事算什么，等屋盖好了一定请你吃酒。”

我奶奶点点头转身走了，街坊邻居看事情解决了，估计也吵不起来了，也都各自散开回家了。

人刚散，吴老太就埋怨起吴老头：“还真的帮她挪树？夜里给树根底下浇些农药，拖几天等树死了就不用花那个冤枉钱了。”

走得慢的街坊听吴老太这么讲都在心里摇头，正准备多走几步转告一下我奶奶，让她对吴老太当点心，又听到吴老头说了一句：“你这个婆娘心眼子怎么这么黑，人家挖你祖坟了还是日了你的妈？明朝喊人挪树，要是树死了我跟你讲，这个房子也别盖了！”

街坊心想这一家总算还有一个人是个人样，也免得自己去多嘴了。

3

第二天，吴老头找了人来挪了树，吴老太偷偷问了一下工钱，下巴都要掉下来了。

吴老太偷偷问工人：“你们要这么多工钱，可是要把回扣给对门的人？”

工人好奇地反问：“不是你家的人喊我们的吗，跟对门有啥关系？”

吴老太无言以对，翻着白眼走开了。

树挪了，也活了，吴家的楼房也盖起来了。吴老头亲自送了帖子请我奶奶喝喜酒，我奶奶望着吴老太的黑脸，收了帖子说了恭喜，到了时间却也没去。我奶奶心想别去了给吴老太添堵，却并不知道在吴老太看来她去是错，没去也是错，去了是脸皮厚，不去是不知好歹，我奶奶当时要知道这些估计也只能感叹一句“做人难”。

吴老太住上新楼房之后，日子过得顺心，肚子里不憋着火了之后，好像也没那么肿胀了，进出门终于可以大摇大摆地甩手走了。但没过多久，她家遭了一次贼，虽然只少了两条腊肉，但还是让吴老太后怕，俗话说，不怕贼偷就怕贼惦记，吴老太是又怕贼偷更怕贼惦记，她整日整夜的睡不好，一晚上楼上楼下要来回好几趟，实在不行了，让大儿子崇礼去帮她弄条狼狗回来看家护院。崇礼心想着这楼房也不过是个空壳子，盖这个房子老头子的家底都抠干了，还有什么可偷的？但他怕吴老太，心里想归想，还是去买了条小狼狗给吴老太养着。

“这狗能吃着呢，你要养就好好养，舍不得给它吃它可没力气抓贼。”崇礼嘱咐吴老太。

吴老太讲：“你放心，我不给你大大肉吃，都会给它吃。”

崇礼以为吴老太就是嘴上那么一讲，谁晓得吴老太真的从吴老头的碗里抠肉喂给狗吃。

“你肉吃多了血脂高，省给狗吃，狗吃了肉还能帮我抓贼，你吃了肉能干么事？”吴老太这么对吴老头说，但她自己还是照吃不误，一块不少。

吴老太有时还会当着来往的人往狗盆里倒排骨，还得意地讲：“你们看我家的狗都比有些人吃得好。”

吴老头为此气得牙痒痒，人也消瘦下来，整日没得精神，但他不会下厨，只能吴老太给他什么他吃什么。吴老头饿中生智，偷偷攒钱隔三岔五下次馆子给自己改善伙食补充营养，但荷包的钱紧张，下一次馆子炒一盘肉片还要省成两顿吃，吃一半剩一半，剩下的肉就偷偷放在我奶奶家厨房，再趁吴老太不注意溜到我奶奶家吃几口，有时我奶奶做了荤菜看吴老头可怜也给他留一口。

吴老头在我奶奶让地之后，心里记着我奶奶的情，也想着和睦两家的关系。我奶奶有时腰疼挑不动水，他会帮忙挑两桶，我奶奶又是你敬我一分我敬你十分的人，有时也会掐几把自己菜园种的菜送给吴老头。有了这些来往，吴老头才敢把菜藏在我奶奶家厨房。但精明的吴老太很快发现了不对，她发现了吴老头在消瘦一段时间之后又胖回来的事情，她有时便趁吴老头出门的时候躲在楼上窗户前偷窥，看见吴老头出去一会儿又钻进我奶奶家，心里便猜疑我奶奶和吴老头有奸情。也不等问吴老头到底怎么回事，下楼牵了狗等在我奶奶家门口，看见吴老头从我奶奶家出来，我奶奶跟在吴老头身后，吴老太立刻松了狗链。吴老头和我奶奶吓得赶紧跑进屋里，但来不及关门，狗和吴老太已经冲了进来。

“上去咬死她！”吴老太呵斥着小狼狗。

小狼狗听不懂人话，吴老太便狠狠踹了小狼狗一脚，小狼狗一疼一疯，便四处乱咬起来，我奶奶还没弄清怎么回事，小腿便被咬伤了，吴老头见状赶紧拉住狗链。

“喊狗咬人，你他妈的是疯了吧！”吴老头骂道。

吴老太指着吴老头的鼻子回骂：“咬死你们两个狗男女才好咧！你个老婊子养的东西！”

我奶奶疼得坐在地上，卷起裤腿一看腿已经在流血，我奶奶气得浑身发抖，指着吴老太咬牙切齿半天才骂出一个字：“滚！”

吴老太上前要打我奶奶，吴老头牵着狗挡在前面，吴老太叫骂着：“你个不要脸的老婊子！你叫哪个滚？”

有几个过路的邻居闻声赶来把吴老太拉住：“出了什么事好好讲，不要动手。”

吴老太不听劝一口一个“老婊子”地骂着，吴老头把狗链拴在门上，给我奶奶搀起来。

“可站得起来？我送你到医院打针。”吴老头问道。

邻居们这才发现我奶奶被咬伤了，其中一个邻居小高赶紧帮吴老头扶住我奶奶：“可要紧？咬得这么狠，得赶紧送医院哦。”

吴老太一把拽过小高：“小高，我跟你讲，你不要心疼这个不要脸的，她偷我家男人，被咬死活该！”

小高一脸尴尬：“吴大妈，话不能乱讲哦。”

吴老太扯高了嗓子喊：“我没乱讲！他们都睡到一个被窝里头了！我亲眼看见的！”

我奶奶正要跟邻居们解释，吴老头抢先甩了吴老太一个耳光。

“你他妈的睁眼睛造谣！老子在家里连肉都搞不到嘴，每回只能偷摸下馆子炒肉吃，吃不光的我都藏在这儿，下回再来吃，我一把年纪了我还要偷偷摸摸的吃肉哪不亏心啊？还偷人？你好意思讲？”吴老头说着指了指自己的脸：“我这张脸都被你丢光了！”

吴老太冷笑了一声：“哼，什么偷肉吃！就是偷腥！你们就是不要脸的狗男女！”

一个在饭馆里帮厨的小伙子小黄插了句嘴：“这个我能做证，吴老爹总在我们饭馆炒肉片打包。”

吴老头指着吴老太的鼻子：“你听听人家讲的，我不跟你多讲了！这笔账等我回来慢慢跟你算。”

吴老头搀着我奶奶站起来对小高讲：“小高啊，麻烦你帮我一起把她送到医院可中？”

小高点头，背起我奶奶出了门，吴老头跟在后面，临出门的时候踹了狗一脚骂了句：“狗仗人势的东西！”

吴老太一看吴老头跟着我奶奶走了，立刻要冲上去拉人，被剩下的邻居拦住了。

“吴大妈，你莫要闹了，新房子都盖了，过几天安生日子不好吗，他们哪是能偷人的年纪了？”邻居劝道。

吴老太“呸”了一口痰：“我呸，哪个年纪不能偷人？下身软了嘴还硬呢，她一个老婊子不要脸勾引我家男人不得好死！”

有人听了直摇头：“吴妈，你这话讲得太难听了！真不晓得吴老爹怎么忍你这么多年的！”

说这话的是一个妇女，吴老太一听又奓了毛：“怎么的？你想我家老头子把我休了你做小啊？不要脸的畜生东西！看我不抓烂你的脸。”

吴老太冲过来，邻居们赶紧像躲瘟神一样散开了，忽然失去目标的吴老太有些颓丧，她解开狗链子，搂住呜呜叫的小狼狗坐在门槛上，没有反省，没有自我怀疑，只是在心里默默组织着肮脏的词汇准备投入下一场“战斗”。

她坐了很久，各种污言秽语在她胸口澎湃，感觉随时都要脱口而出，这让她中间一度想追到医院去骂，但她忍住了，一开始没追过去，现在追去气势已经输了一半，不如留在这里等，这里有她的新房子，新房子在她心里就是她能高我奶奶一头的气势，她跟吴老头吵了这么多年，哪次不是凭她的气势赢的仗？这次她也不会例外。

就在吴老太快要失去耐心的时候，吴老头和我奶奶他们回来了，吴老太坐得太久腿麻了，伸手给吴老头想让他扶一把，吴老头躲开了，吴老太只好扶着门框颤巍巍地站起来，趁着这个空当，小高把我奶奶背进厢房，还机灵地挡在门口。

“你们要吵回去关上门躲起来吵吧？你们家狗把人咬了，等她家小儿子晓得了就不得了，都是家门口人，他脾气你们不是不晓得吧？”小高劝说道。

吴老太心里有些怕但仍嘴硬：“我还怕她儿子，我哪没儿子啊？”

吴老头却头也不回地往对面的家门走去，不等吴老太进门，吴老头就把门给闩死了。吴老太站在门口愣住了。

“开门！你个狗日的东西，还敢关老子！”吴老太叫骂道。

吴老头在屋里不为所动，吴老太回身一看，小高也把我奶奶家门关上了。

吴老太迷茫了一会儿，又继续叫骂，有好心的邻居去叫来了崇礼他们兄弟几个，也把桂芳叫了回来，把他们知道的事情前因后果说了一遍，让他们劝劝吴老太。

我奶奶的小儿子听说我奶奶被吴家的狗咬了，也带着几个人赶了过来，脾气最爆的我小叔冲在最前头，要是对方家人不讲究，他已经做好大打出手的准备，真要打起来的话，吴家的三个儿子也不会是他对手。大概吴家三兄弟也知道这一点，所以在我小叔还没开口的时候，就提前掏出香烟递过去道歉。

崇礼是老大，这时候肯定需要先开口：“我代表我妈跟你们家道歉，医药费我们也加倍赔，让老太太受罪了，对不起。”

所谓伸手不打笑脸人，我小叔脾气再爆这时候也只得忍住了，不能从占理的一方变成不占理的。

崇礼看我小叔克制住了，心里松了口气："我先过去跟老太太道个歉，然后我再回来跟我妈好好讲讲道理，她实在太不应该了。"

我小叔不耐烦地摆摆手："你先把你妈搞好吧，我撂一句话在这儿，她要是再敢动我妈一下，我连你们家房子都烧了！"

崇礼故意提高了声音说给吴老太听："她要是再闹，你要烧我们家房子我都给你点火！"

送走了我小叔之后，吴老太还在自家门口闹着要砸门，崇贤、崇达、桂芳三个人都拉不住，崇礼走过去拉开崇贤他们："让她砸，让她把气出透了，不然她再找人家麻烦，人家连我们房子都要烧了！"

吴老太恨恨地说了一句："他敢！"

崇礼忽然发了脾气咆哮起来："他不敢我敢！现在你起来撒泡尿照照你自己，你现在可有一点儿当妈的样子啊？这么多年我们几个哪个心里对你没有怨气，哪一个不是忍了又忍？"

吴老太愣住了，扭头看几个儿女，崇贤、崇达和桂芳都在一边低着头不看她。"我是觉得你好歹生我们养我们，你提什么要求我们都尽力满足，但你有没有想过你自己是不是配当我们的妈？动不动上吊喝农药的，我从小到大看你要上吊都不下十回，你想过我们做儿女的看着亲妈要上吊的感受吗？你没想过，因为你根本不懂，你就是一个自私的人，你就是不配当妈！”崇礼激动到浑身发抖，崇贤崇达他们赶紧过来搂住他肩膀安慰他。

吴老太看桂芳没有过去跟他们站一边，以为桂芳会站在自己这边，她伸手想拉桂芳：“桂芳啊，你是妈的小姑娘，妈最疼你了，你不要听你哥乱讲。”

桂芳在一边冷笑：“真好笑，我从小到大一件新衣裳都没穿过，你总让我穿哥哥们剩下的，我身上第一回来的时候，月经带怎么用我还是找对门的方老太教我的，你最疼我，你想骗自己还是骗哪个？我大哥平时最孝顺，今天都能讲出这样的话，你自己不晓得原因吗？”

吴老太惊恐地看着儿女们：“你们今朝可是中了邪哦，怎么这么大逆不道哇？”

吴老头这时打开了门朝儿女们挥挥手：“你们回去吧，回去吧，忙自己的事情吧，我们的事情你们以后一件都不要管了，你们也管够了我晓得。”

吴老头说话的时候一脸悲伤，崇礼眼眶忽然红了：“大大，我们不是那个意思，不是不管你们了……我们实在是被我妈伤了心。”

吴老头忽然像老了好几岁一样，声音也苍老起来：“我晓得，我都晓得。让你妈进来，你们都走吧，走吧，以后我们好好过日子不让你们操心。”

吴老太这时也像换了一个人：“听你们大大的话，回去吧，以后不叫你们操心了，我不跟他吵嘴了，我跟哪个都不吵了。”

崇礼他们看见吴老太讲不闹了，心里的石头落了地，各自回了家。

4

接下来的日子似乎真的恢复了平静，吴老太整日连门都很少出，更别提跟人吵嘴，吴老头也学起了烧菜做饭，他讲这样以后他不下馆子也饿不到了。

这一天，吴老头准备在家炖肉，发现忘记买葱，于是跟我奶奶打了声招呼，在我奶奶的菜园里掐了一把葱回去，一抬头看见吴老太又站在楼上窗前盯着自己，吴老头没来由地心慌了一阵子，回去之后，吴老太很平静的样子，还帮忙摘了葱叶，吴老头怪自己想多了。

几天后，我奶奶起早喂鸡，发现一鸡笼里的鸡全死得梆硬，地上还散落着红色老鼠药的痕迹，我奶奶顺着鸡笼前的老鼠药一直走，走到了水井边，我奶奶吓得一哆嗦，这时有人想在水井里打水，我奶奶赶忙喝止住他："等一哈！井里怕是有老鼠药！"

从外面买菜回来的吴老头看见这一幕，没作声回了家。晚上吴老头炖了一锅肉端上了桌，叫吴老太吃饭，吴老太就着肉盛了满满一碗饭，吴老头给自己倒了一杯酒。

“这是什么肉，这么香？”吴老太问。

“香肉。”吴老头回答道。

“香肉是什么肉？”

“香肉就是狗肉。”

“哪来的狗肉？”

吴老太忽然反应过来：“我的狗？”

吴老头点头：“嗯，你的狗，吃了对门的鸡之后我杀的，饭是用她家井水煮的。”

吴老太一脸惊恐：“你狗日的想毒死我啊？”

吴老头却一脸平静：“我晓得你不到死不得消停，你不死就要害人死。”

吴老太的脸都吓变了色，她用手不停地抠着喉咙想吐出来。

吴老头掏出两根绳子放在桌上：“毒不死还能上吊，你放心，不管是吃药上吊，只要你想作死，我都陪着你。”

吴老太跪在吴老头跟前：“老头子，我不作死了，我也不害人了。”

吴老头眯着眼喝了一杯酒默不作声，这时外面传来了两声狗吠。

世道

大红

大红觉得自己一天天在奶奶家住着，总不能白吃白住，她从上到下一无所有，只剩这一把力气。可是谁能想到她只是上了一趟街，就像是变了个人回来。

1

我奶奶看见大红的第一眼，耳边便响起了碗沿划过米缸底的声音，还有雨点砸在家里锅碗瓢盆里叮当叮当的声音，那种无米下锅，也无片瓦遮身的绝望她经历过并且从未忘记，因此一眼就在大红身上认了出来。

那天，长得黑黑瘦瘦的大红，头上裹着条黄格子的围巾，身上穿着件红色的旧棉衣和一条皱巴巴的黑棉裤，脚上穿了一双被水泡发涨了的棕色男士皮鞋，肩膀上挎了一个瘪瘪的布口袋，一动不动站在路口，活像一棵被人泼了一桶过期油漆的枯树，我奶奶经过她身边的时候停了下来："你在等人吗？"

而在大红的记忆里，她第一次见到我奶奶，是在我奶奶的家里。那天，她在路口不知道站了多久，也不知道自己什么时候倒下，又什么时候到了我奶奶家。她一睁眼，四周是陌生的，但是暖和，她身上盖着厚棉被，床脚还生着火盆，她的鞋子和衣服架在火盆边烘烤着，隐约冒着白气。她正恍惚着，我奶奶叼着香烟进来，坐在床边，伸手摸了一下她的额头，大红闭上眼，眼泪毫无征兆地就流了出来。泪是烟熏出来的，她希望我奶奶能像她一样这么想，但我奶奶丝毫没有在意她的眼泪，起身给她倒了一碗热水。

“趁热喝。”我奶奶说。

大红坐起来喝了两口水，抬眼看我奶奶，一个邋邋遢遢的老太太，眉眼长得极淡，面无表情地叼着香烟，一般人都能从面相上看出些性格，从我奶奶脸上却什么都看不出来。

“大妈……谢谢……”大红说得小心翼翼的，一边偷偷把耳边的头发扒拉下来遮住左边的脸。

我奶奶扯了一下嘴角笑笑：“谢么事？不用谢，我也不伺候你，你要好些了就自己起来吃点东西，灶间锅里还热着。”

大红松了口气，点点头，准备起身去拿火盆上的衣服，我奶奶在一边的箱子里翻出一身旧衣服给她：“那些衣裳还没干，先穿这个。”

我奶奶把衣服放下就走了出去，外面有人在叫她。大红还没来得及说出自己的名字。

大红自己在灶间吃了饭，又费了一番工夫把厨房里的锅碗瓢盆都刷了一遍，我奶奶人邋遢，家里各处自然也整洁不了。大红从厨房打扫到了堂屋，她扫着地，听到厢房里搓麻将的声音，她从门缝里看了一眼，厢房里烟雾缭绕，我奶奶和几个老头老太一边咳嗽着一边摸着麻将牌。大红小心地把门缝开大了些，一阵烟从房里飘出来，一个老头抬眼看了一下大红：“门关好，冷哦。”

大红赶忙带上房门，仔仔细细地扫完了堂屋的地。

大红坐在之前自己睡觉的房间里，支着耳朵听着隔壁麻将房的动静，麻将局一散场她立刻拎着扫帚走出房间，站在麻将房门口等着。我奶奶出来一看堂屋焕然一新，愣了一下：“你手脚真利索呢，把我家搞得太干净咯，都不像我家了。”

大红有些惊慌：“屋里的东西我都没乱动。”

我奶奶笑了一下：“难为你了。”

大红摇摇头，忽然像想起什么似的，“大妈，我能跟你打听个事吗，您知道肖家住在哪儿吗？”

“哪个肖家？我们这可好几户姓肖的。”

我奶奶故意多问一句，是摸不准大红的来意，问路是小事，路不会跟人结怨成仇，但问到家门口的时候就要留意些，是去寻亲还是寻仇总要琢磨一下的，看大红的样子找肖家也不是来做衣裳的。

大红不知道我奶奶的心思，也不知道附近只有这一家姓肖的，答得倒是明明白白。

“有一个信基督的肖老太太，我在教会认得的，她讲我有难处能来找她……”

大红这么一说让我奶奶放下心来，我奶奶说："我家隔壁就是你要找的人，不过他们家人出远门了，还不知道几时回来。"

大红有些吃惊，没想到这么顺利地就找到了地方，但又这么不巧，肖家偏偏没有人。

"没得事，他们家没人，你就在我家等他们回来。"我奶奶收拾好麻将牌放在一边。

"你叫么名字？"我奶奶把她当成肖家的客人，主动寒暄道。

"大妈，你叫我大红就行。"

我奶奶点点头："我姓方，人家都叫我方老太，我家现在没旁人，你就放心住下吧。"

大红点点头，想着到底是天无绝人之路。

2

大红就这么在我奶奶家住了下来，她手脚麻利，屋里有什么事情都抢先做了，没两天工夫已经把我奶奶家前前后后大扫除了一遍，一日三餐也是她在料理。我奶奶本来乐得清闲，可是大红太勤快了些，来了街坊串门儿，鞋上带了些泥灰进来，她恨不得拿着扫帚跟在别人脚后面扫着；我奶奶的牌搭子上门打麻将，随手往地上丢烟头，大红一边咳嗽一边拿扫帚扫地，一来二去，街坊和牌搭子瞟见大红在屋里头便不敢上门。我奶奶早就习惯烟不离嘴，烟灰落在哪里是哪里，可大红在家里各处都放上了她用易拉罐做的烟灰缸，时刻提醒着我奶奶掸烟灰掐烟头，导致我奶奶的烟量骤减。我奶奶让大红不用那么勤快，吃完饭没事可以歇歇，大红点头答应着，手里却一直没放下扫帚，前后说了几次，我奶奶也就懒得说了，心里暗戳戳地盼望着肖老头他们赶紧回来，把大红交接出去，她好喊牌搭子上门打麻将。

哪晓得出了正月，已经打了春，肖老头他们还没回来，我奶奶已经闲得在窗前写毛笔字了，我奶奶把她记得的诗词都写了一遍，肖老头没回来。我奶奶又把她知道的歇后语打油诗各写了一遍，他们还是没回来。我奶奶抽着烟叹着气，大红过来给我奶奶抹背，让她顺气，我奶奶一晃神以为回到了往年当大小姐的辰光。

大红自然也有她的想法，她觉得自己一天天地在这住着，总不能白吃白住，她从上到下一无所有，只剩这一把力气，干活哪还能再收着？有十分力她也要使出十二分来。

可是谁能想到大红只是上了一趟街，就像是变了个人回来。

这一天一早，大红把家务都收拾停当，然后跟我奶奶说着中午烧白菜豆腐，要上街买块豆腐。我奶奶正在桌前撑着下巴抽烟打早盹，听大红一说便把豆腐钱递到大红手里，大红笑了笑把我奶奶嘴上的烟头掐在烟灰缸里就出了门。我奶奶捡起那还没抽完的烟头点上火，忽然又想起一句歇后语：被窝里放屁——自作自受。我奶奶用毛笔把这句歇后语添在了纸上。

大红上街还没回来，肖老头倒突然冒出来了，手上拎着一个装着麦乳精的网兜，笑眯眯地叼着烟站在我奶奶家窗前打招呼。

“方老太！再给你拜个晚年啊！祝你晚年快乐啊！”肖老头声音洪亮，可见在城里过得不错。

“晚他妈的么年啊？年早过完了，你们怎么才家来？”我奶奶嘴里说得不好听，却早就搁下毛笔走到门外给肖老头递了根烟。

“姑娘不让走，非要带我们去旅游，要不早家来咯！我在城里头蹲得烦死了！”肖老头嘴里抱怨着，脸上却是得意着。

“你家老婆子呢，可回来了？”我奶奶急切地问道。

两人正说着话的工夫，大红抱着一个正在号啕大哭约莫一两岁的小伢跑进了屋，手忙脚乱地把门关上了。我奶奶疑惑着去推门，门已经从里面闩上了，我奶奶喊着大红的名字，大红却不应声，只听见屋里小伢的哭声。

“怎搞的？这是哪家的丫头，抱着伢跑你家躲着搞嘛？”肖老头问道，他刚回来还不认识大红。

“这是来找你家老婆子的丫头，在我家蹲了多少天了，今朝不知道发哪门子疯了，等一哈你们就给她搞走吧。”

我奶奶一边跟肖老头说话一边用力地拍着大门。

“大红！开门！”

一阵急促的脚步声传来，我奶奶回头一看，几个男人带着一个眼睛哭得通红的妇女跑了过来。

“我的伢哎！我的伢在里头哎！”

门里传来小伢撕心裂肺叫“妈妈”的声音，妇女听到伢的叫声，瘫倒在门前号啕起来。

男人们扒拉开我奶奶上前拍门，老槐树打的大门在门槽里晃晃荡荡咚咚作响。

肖老头趁机跑开，把麦乳精放在门口又跑回来看热闹。

“别给我的门打坏了！”我奶奶有些生气地去扯一个拍门男人的胳膊。

“她的伢在里头，出了事你负责？”男人气恼地瞪着我奶奶说道，手还不忘继续拍门。

“让一哈子，我家的门我来开！”

我奶奶说着从头上取下一根黑钢丝发夹，掰开撇直了，又把前面掰弯了一些，从门板缝里插进去，其他的男人看见我奶奶似乎有门道把门打开，也都停了手。我奶奶小心地一点儿一点儿地拨弄着手里的发夹，然后在一个地方停了下来，手腕一抖，门开了，一个原本扶着门的男人差点儿一头栽进屋里头。

“你们别以为我家的门好开，晚上我是用棍子抵在门后头的。”我奶奶板着脸瞪着眼，故意凶巴巴地说道。

男人们却不理睬，和那个找伢的妇女进了屋，大红抱着伢躲在桌子下面，几个男人合力把桌子搬开，大红坐在地上，脚一下一下使劲蹬着地面，不让人靠近，眼里满是惊恐和委屈。

一个男人过去从她怀里抢过了小伢，找伢的妇女冲上前抽了大红一个耳光，揪住大红的头发还要打，却忽然松了手：“啊！害死老子了！”

妇女揪住大红头发的时候，大红的脸颊上露出了一个乒乓球大小凹进去的疤。

我奶奶冲过去挡在大红前头:“打一巴掌中了吧还打?”

妇女骂道:“她就是个吃小伢的妖怪精!打死都活该!”

骂虽这样骂，但妇女看我奶奶护着大红也没再动手，转身抱过自己的伢招呼人出了门。

一地狼藉，只剩下一地狼藉。

“你怕又是捡了一个祸害在家里头哦!竟然到大街上抢人家的伢!”

我小叔不知什么时候来了，他背着手看着满屋狼藉说道。

我奶奶叼着烟把倒下的桌椅板凳挨个扶起来，翻倒在墙边年代久远的实木方桌并不轻巧。

“你背着手看戏啊?还不来扶一把!”我奶奶手扶着桌脚咬着烟凶巴巴地说道。

我小叔没作声，走过去把桌子翻正放好，大红披头散发地缩在墙角，鼻涕眼泪混成一片糊在脸上。我奶奶拧了一条热毛巾把大红的脸擦了擦，给大红梳了梳头发，大红仍然神志不清的样子。

“大红啊，你跟我讲讲，你为么事要抢人家的伢啊?”我奶奶问道。

大红不停地摇着头，一句话都说不出来。

“我跟你讲过 783 回了，不要总搞些乌七八糟的人来家，你不听，现在又麻烦了吧?”我小叔抱怨着。

“来的时候是个好好的人，现在搞成这个样子我哪晓得?”我奶奶叹气道。

“她是来找肖家的，你把她领回来搞嘛呢？我去叫老大他们来，一起把这个瘟神送走吧。”

我小叔说着要出门，我奶奶拉住他。

“等肖老头子把他家婆娘喊回来再讲，她信主的，总要管的。”

说话间肖老头子进了门，一进门便大声嚷嚷着：“我家老婆子一时回不来，教会里许多事，这个妇女恐怕是精神病发作了，她回来也没么用，怕要送茅山的精神病医院去哦！”

“那钱哪个出呢？”我小叔问道。

“我这儿有100，我家姑娘给我买补品的，就这么多了。”肖老头掏出一张叠成小方块的100元钱放在桌上。

“100块就能住院啊？我讲你可是搞了个祸害！唉！”我小叔指着我奶奶说道。

我奶奶一把打落我小叔指着的手：“你再指老子，老子把你手都剁了！”

“你就晓得跟我们家里人发狠，你对外人都比对我们好！”我小叔气呼呼地跨出门槛要走，又回过身，“这个烂摊子你自己管吧！我看哪个帮你！”

我奶奶把桌上的100块钱收起来揣在腰间的荷包里，坐在一边椅子上看着大红叹气，肖老头陪着我奶奶叹了一会儿气，说要回家烧饭吃也走了。

另一边我小叔跑去了我大伯家，又特地打了电话给我爸，商量这件事谁都不要管，让我奶奶吃一次亏长一个教训，以后不敢往家领人，弟兄几个这时齐了心。

光叹气也治不好大红的毛病，我奶奶给大红喂水，杯子也被砸了，我奶奶连哄带骗把大红哄到里屋的床上，把她的手脚也拿麻绳绑了起来，怕她伤了自己，然后锁门出去了。

我奶奶跑去村里找干部，干部吐苦水，村里的贫困户都管不过来了，哪里还能管得了一个外乡人？干部让我奶奶回去，我奶奶发话说那她去镇政府办公室坐坐，村干部拉住我奶奶，给我奶奶看村里待救助的名录。

村干部："方老太，你也识字，我也不哄你，你看看，村里这么多人要管，我都不能全管，还有工夫去管个外人？你跑到镇里去要钱也是要不到，还给我添麻烦，人家会讲我事情没做好。"

我奶奶伸手合上那本名录："什么外人里人，有难处可要帮？饥荒年你家老头子饿倒在我家门口，我也是从碗里抠了一坨稀饭给他吃的。"

村干部愣了一下，然后点点头："是的，我晓得，我家老头子也总讲这件事，方老太，我晓得你是个好人，但是……"

村干部欲言又止，想了想，掏了掏荷包，摸出了 100 块钱塞到我奶奶手里。他说："村里实在是没得什么钱，这是我个人的一点儿帮助吧，你看可行？"

我奶奶拍了拍村干部的肩膀：“我老太婆记你的情。”

晚上村干部回家吃饭问老头子当年可是倒在我奶奶的屋外头，人家给了一口稀饭才救了命。老头子摇头否认，说当年他凭着自己的巧手采野菜扒树皮，没混到要死的地步，村干部讲了我奶奶今朝去村里要钱的事情，后悔掏了那100块钱。

老头子听完瞪了儿子一眼：“方老太帮过多少人你心里没得数？就算我没吃过那口稀饭，也有人吃了，你就当我吃了，不就100块钱的事情嘛，你少抽点烟喝点酒就中了。”

村干部只得点头：“也就是方老太讲救过你我才信，哪个讲我都不信，哪晓得方老太也会骗人。”

老头子滋溜了一口酒笑道：“方老太道行深哦。”

3

夜里头，我奶奶才回到家，里屋的房间一团乱，大红歪在墙角睡着，手脚上的麻绳都扯开了，我奶奶把迷迷糊糊的大红撵上床，大红梦里还在抽泣。

我奶奶把腰间的荷包掏出来，在桌上倒空了，数了数今朝她连哄带骗要回来的钱，还是不够交住院押金，我奶奶花了一支烟的工夫想了想，住院住不起总能买点药回来吧，剩下的就看大红自己的造化了。

我奶奶第二天起了一个大早，她趁大红还没醒过来就把她的手脚仔细绑好，又把放牛的戚老头招呼过来，把大红抬到板车上捆好，用牛拉着板车往医院赶。家里的拖拉机坏得不是时候，不然总比牛车好用些。

一上午的时间，戚老头在前面牵着牛，我奶奶在后面扶着板车上的大红，就这么把人带到了茅山精神病医院的门口。门口的台阶实在上不去了，我奶奶便进去找医生出来给大红看病，医生好心也想省心，问了问大红的情况，便开了一些有镇静作用的药方。拿了药，戚老头又牵着牛，我奶奶扶着板车，把大红带了回去。

起初喂大红吃药是冒风险的，我奶奶总担心她的手指要被大红咬断了，怕以后夹根烟都不便利。后来我奶奶发现大红爱吃烤红薯，大红闹的时候，我奶奶就把药片塞在红薯里，还不等给大红递过去，大红便伸手来抢着吃。我奶奶得着一些清净的辰光，有了工夫去中药铺给大红抓些中药调理。吃下镇静剂的大红温和许多，叫喝药就喝药，一口气喝完，药渣都吞，常呛着，那段时间我奶奶常念叨着“作孽哦作孽”。

有一天，孽好像是作完了，大红已经三四天没闹过病，除了喝些汤药水，没吃过镇静剂，就很安静地在墙角坐着，我奶奶经过她身边去取撕墙上日历的时候，她忽然抬眼对我奶奶笑了一下，喊了一声“大妈”。

我奶奶停了手，疑惑着问她：“你好啦？”

大红：“我好了。”

我奶奶：“你哪儿好了？”

大红：“我哪儿都好了。”

我奶奶：“那你叫么名字？”

大红吃吃地笑着看着我奶奶：“我叫大红。”

我奶奶："真好了？"

大红："真好了。"

我奶奶："你怎么好的？"

大红："上帝救了我。"

我奶奶叹口气："唉，怕是真好了，好了就好，你莫诓我，可晓得？"

我奶奶在屋里转了两圈，高兴得有些不知道要干什么，只能摸根烟点上，还没想起来到底要干什么。她走到门口，忽然想跟谁说一声大红好了，这一段时间大红闹病，真真是"钟馗在家，鬼都不上门"，好在大红好了。她在门口站了一会儿，看见溜着墙根躲着走的肖老头。

"你莫躲了，人好了。"我奶奶朝肖老头喊着。

"咳！我哪躲了，最近找我做衣裳的人多，没得空到你家来串门子。"

肖老头停住了脚步，犹疑了一下，朝我奶奶家门走过来，探头朝里望着。大红正笑嘻嘻地看着他。

大红："我好了，上帝爱我。"

肖老头愣了一下："嗯，上帝爱你。"

大红："我要书。"

肖老头和我奶奶对望一眼。

肖老头悄声问我奶奶："她找我要么书？"

我奶奶想起大红闹病的时候撕坏了她带来的《圣经》。

我奶奶:“经书，你家可有多的？”

肖老头点点头，回屋拿了本《圣经》来，大红怀抱着《圣经》一脸幸福的模样。我奶奶看着大红，忽然想起来，她是要去撕日历的。我奶奶走到挂着日历的墙边，撕下日历上的一页，新的一页上红字写着“惊蛰”，我奶奶恍然道:“难怪！”

她想，惊蛰节气，春雷乍动，万物复苏，大红自然也不能例外，人的事，老天爷都在安排。

到了清明，大红也没再闹过病。我奶奶的一个远房侄子到镇上给他的厂子招工，包吃住，工资也厚道，我奶奶把大红带过去，费了一番口舌说服了侄子给大红安排了个勤杂工的岗位，工资比别人低些，但也好过现在没着落。

安顿好了大红，我奶奶临走前在大红随身带着的那本《圣经》里夹了个纸条，纸条上写着几个名字和地址，大红当初的药钱都是跟这些人讨来的，嘱咐大红挣了工资就给人还回去。大红微笑着点头说好。

我奶奶总觉得大红的笑容里有些什么，但又说不上来，她忽然想把大红领回去，但只是想了想，到底是人各有命，她和大红都尽过力了。

世道

过年

破五的爆竹声一响，镇上人的春节基本算过完了。街上铺子老板们手中的鸡毛掸子和抹布都挥舞起来了。我奶奶正月里并没有什么要紧事做，不管旁人如何，她的年是要过了正月十五、点了灯笼、吃了元宵才算完的。

1

除夕夜，大雪。

人人都待在屋里头，外面风急雪正密，叫人心慌，不晓得那望不到头的雪里到底有什么。

我奶奶也在家里，家宅平安的横批写好了，她把墨迹未干的对联一张一张铺在麻将桌上，用麻将牌把边角都压起来，抬眼看一眼窗外，外面的雪还在下，似乎小了一些，又似乎没有。她叼着烟枯坐了一会儿，走到门口张望着，外面雪地一片洁白，一个脚印都没有。大门就那么敞着，不时有一阵风裹着雪花闯进来，但很快就被桌下的炭火盆的热气给撵了出去，桌上的几只小炭炉正忙着煨鸡汤炖鱼肉，顾不上外面的风雪。

我奶奶走到门后伸手捞起她的火瓦坛，用嘴吹了吹炭火，炭火灰扑在她脸上，她眯起眼，撩起围裙捻了捻眼角，顺手把围裙搭在了火瓦坛上，转身在门后的小椅子上坐了下来，她拿出她一年之中最大的耐心在等儿孙们回来吃饭。

先回来的是她的小儿子，我小叔，他低着头，两手笼着袖子，两个肩膀夹着一个脑袋就跨进了门槛儿。他熟练地转身到了门后，他知道我奶奶一定会在门后等他们，他接过我奶奶递过来的火瓦坛烘了一会儿手，伸手在我奶奶的围裙里掏了一包烟。

“怎么还是没得嘴的大江，这烟不呛人啊？”我小叔一边说一边点上了烟。

我奶奶从裤子口袋里摸出一包烟递给小叔，还是大江牌，只不过多了过滤嘴。

“过年让你抽点好的。”我奶奶一脸坏笑地看着她的小儿子。

她的小儿子长得最像她，模样俊俏，只是……算了，过年了，就不挑毛病了。她伸手给小儿子掸了掸肩上已经化了的雪，一副慈母的样子。

我小叔手已经暖了，便把火瓦坛又塞给我奶奶，走到桌前看了看饭菜，又拎起酒瓶看了一眼。

“怎么大过年的就拿了一瓶酒？”我小叔问。

我奶奶转眼从慈母切换到凶婆婆的表情，竖着眉瞪着眼，叼着烟指着我小叔凶巴巴地说道：“今晚上你要敢喝成酒赖子，我现在就把你赶出去。”

我小叔立刻堆着笑走过去抱着我奶奶，像哄伢一样地晃着我奶奶的肩膀说："好好好，不喝多，我跟你保证。"

我奶奶面无表情地哼了一声，又从另一个口袋里摸出了一包阿诗玛香烟递给我小叔。

"酒少喝点，就给你好烟抽。"

我小叔笑着又抱住了我奶奶："你口袋里到底藏了多少东西不给人晓得？"

我奶奶任他抱着，假装感觉不到在探索她口袋的手。

说话间，我奶奶的大儿子也就是我的大伯夹着两挂鞭炮、拎着两瓶酒进来了，我小叔立刻迎了上去，接过他大哥手里的酒，小心地放在了饭桌上，我奶奶瞪了他一眼没有说话，拎起火瓦坛递给我大伯。

"她和小伢呢，回去过？"我奶奶问。

我大伯沉默地点点头，我奶奶掏出一根烟递过去，点上，沉默变得理所当然。

一直到我奶奶的两个女儿拖家带口地进了门，才终于有了过年的模样，几个小伢在一边叽叽喳喳地吵着要吃酥糖，另一边也没消停，几个兄妹也就几天不见，不知道怎么有那么多的话要讲。

"要不要打几圈麻将等老二？"我大姑问我奶奶。

我奶奶摇摇头："边吃边等，吃完了你们赶早回去陪自己家里人。"

大家对视一眼，无奈地摇摇头，我奶奶走到门口把大门虚掩上。

“我们今晚不回去，在你这歇几天陪陪你。”我小姑说。

“不是我讲你们，你们个个都成家立业了，都有自己的家了，逢年过节到我这里走个过场就中了，过年哪家不有许多事要忙，还有那么多的客要待，你们别想偷懒，吃完饭回去忙你们的去。”我奶奶一边说着一边坐下拿起了筷子。

“那让这几个小家伙在你这住，陪陪你？”我大姑试探着说道。

“少来，他们在这我还要烧给他们吃，搞给他们喝，他们不在，我自己随便搞点吃的就中了，带走带走，都带回去，一个都不要留，我明朝中午就约了肖老头子程老头子他们打麻将，我忙得很。”我奶奶像现在就赶时间似的给大家夹着菜，催促大家快吃。

大家互相使了一个眼色，开始吃吃喝喝，我小叔趁我奶奶一个不注意把几瓶酒都打开了，给大家的酒杯都倒得很满。

“妈，我们喝多了走不了总能睡在这了吧？”我小叔笑着说。

我奶奶端起一满杯酒慢慢地但也是一口气喝到了杯底，她哈了一口酒气说：“你们都是我生的，我晓得，这三瓶酒可喝不醉你们。”

“那再加两瓶咧？”大门开了，奶奶的二儿子也就是我爸拎着酒回来了。

“又不等我？”我爸故作生气。

“年年都要我们等，你就不能早回来一点儿？”

我奶奶说着走过去接过酒往厢房里走，想收起来。我小叔和小姑拦住了她，又开了酒。

“哎哟，我怎么生了你们这么一堆酒鬼哦！”我奶奶无奈地摇着头，“喝吧喝吧，你们一年也就能赖我这一回。”我奶奶笑着坐回了桌上。

外面天色将黑，屋里还在推杯换盏，闲话家常，一阵风把虚掩着的门刮开了，我奶奶喊道：“老大，你去关门！”

“我是老大，我就不能偷懒了？老小，你去关门！”酒精松弛了他的神经和脸上的肌肉，我大伯也一副笑模样。

大家笑哈哈地互相催促着对方去关门，却没有一个人起身，我小叔正准备指使在房里看电视的小家伙们，忽然却看见门口多了一个人影。

“哪个？！”我小叔站了起来喝问道。

门口的人影闪到一边，我小叔放下手里的酒杯，走到门口准备关门。

“到外头看一眼是哪个。”我奶奶吩咐道。

“看么看哦，大过年的还有要饭的上门啊？”我小叔嘴里说着不看，头却伸了出去，“啊哟，真是撞了鬼，大过年的可不要死在我家屋跟前啊。”我小叔说着就冲了出去。

大家也冲到门前，看见一个人蜷缩着倒在雪地里。大家合力把那个人抬进了屋里，放到椅子上坐下，大家商量着是不是去派出所报案。我奶奶走过去探了一下他的鼻息感觉正常，正疑惑着，那个人忽然站起来走到桌边坐下，拿起桌上的筷子就开始吃吃喝喝起来。

“我操，装死的啊？”我小叔一边骂着一边撸袖子准备上前揍人了。

我奶奶拉住我小叔：“别耍酒疯了！大过年的，先让人吃饱饭再讲。”

那个人回头看了我奶奶一眼，点点头，继续大口吃着东西。

雪不知道什么时候停了，外面已经黑成一片，我奶奶在火盆里加了几块新炭，听到噼里啪啦烧着的声音之后，又翻了翻炭灰给新炭盖上。

2

夜还长着呢。

那人旁若无人地坐在桌边吃着东西，我大姑小姑各自抱着伢进了厢房歇着，我奶奶招呼着我大伯小叔还有我爸回桌上继续吃。我小叔重新拿了碗筷，斟上酒，我奶奶使眼色让他给来人倒一杯，我小叔没好气地拿了一个搪瓷茶缸放在那个人面前，一边倒酒一边看那个人的眼色，酒快要满到杯口，那个人也没有客气一下说够了的意思，酒平面已经和杯口齐平，那个人依然没有作声。我小叔放慢了倒酒的速度，拿着酒瓶的手腕抖了一抖，几滴酒欢快地蹦到杯中，和杯中酒一起荡漾了几下。这时酒的平面已经高出了杯口一点点，再多个点滴就要溢出来，我小叔有些得意的样子，这是他的小把戏，如果那个人端起来喝时洒了一滴，我小叔就找着话头说了。可那人却没伸手，他一手夹菜一手放在桌下，菜塞进嘴里也没放下筷子，嘴里嚼着菜呢又伸头凑过去喝酒，我小叔他们都盯着那个人。他没有抬头，却好像知道别人都在看他，于是炫技似的，咬起了茶缸，抬头仰着脖子，只见他喉结动了几下，缸子里的酒就全倒进胃里了。我小叔他们已经看愣住了，能一口气喝下一茶缸酒的人少见，能这么倒进胃里的人更少见，那个人却面不改色地用嘴把缸子放在了桌上，继续夹菜吃菜。

我小叔在酒桌上没有更厉害的招数，于是赌气想喝一个满杯，我大伯和我爸一起按住了我小叔，我奶奶也狠狠瞪了我小叔一眼，小叔把喝了一半的酒杯放下了，我奶奶把菜盘换了换，空盘都挪到一边。

“把那个空盘子递给我吧。”我奶奶朝那个人说道。

那个人放下筷子，把空盘递给我奶奶。

“你……是要把戏的？”我奶奶问。

那个人支吾了一声，听不清他说的到底是是还是不是。

“过年了怎么也没回去？”我奶奶继续搭着话。

“妈，你看你这个老好人做的，年夜饭都有人上门来搅。”我小叔还有些赌气。

“少讲两句，等下妈要讲你，菜都堵不住你的嘴咯。”我爸看出我奶奶的脸色不对，提前替我奶奶埋怨了一句。

我奶奶把空盘子都收拾停当，点了根烟抽了一口，那个人用余光瞟了一眼缥缈而上的烟雾，鼻孔微微翕动了一下。我奶奶递过一根烟去，那人放下筷子接过烟看都没看，便把烟夹在耳朵上，接着又飞快地往嘴里塞了几口菜，囫囵吞下之后直起了身子，从耳朵上取下香烟看了一眼衔在了嘴上，我奶奶把手里的烟给他对了火。

“我歇一脚就走。”那人抽了一口烟，终于开了口。

他的口音有些奇怪，说是外地口音可又有些本地腔。

“没得事，你歇着。”我奶奶叼着烟去了厨房盛了一大碗饭出来。

“酒还没喝完你就盛饭搞嘛？过年喝个酒还要催啊？”我小叔埋怨道。

“我要先吃点饭。”我大伯说。

我小叔摇头把饭接过来放在我大伯面前。

“我也要吃一口，胃里有点难过。”我爸也盛了一碗饭。

“老大，你等下回去的时候把里头两个人喊着一起回去，来了人家里被子不够，别把小家伙睡冻了。老二，你吃了饭也回去，我这里没得胃药，你要是胃疼了回去吃药再睡。我去给你们找两个手电筒。”我奶奶说着进了厢房。

不一会儿，我奶奶拿着两个手电筒出来了。

“那我一个人喝酒不如也回去。”我小叔有些委屈的样子。

“你今晚就在这吧，要回去也等到 12 点给我放了炮回去。”我奶奶说着把手电筒塞到我爸和我大伯的手里，我爸和我大伯知趣地起了身。

我大伯和我爸帮着我大姑小姑抱着已经睡着了的伢走到门口，我大姑和小姑各自拿上手电筒，轻声跟我奶奶告别：“初二再回来啊。”我奶奶点点头，示意他们快走。

我小叔也挥了挥手里的筷子算是打了招呼。

我奶奶走到一边的椅子上坐下，把火瓦坛拎到脚边放着，把镶着橡胶底的老棉鞋架了上去烘着。

“欸！你身上也湿了吧，把帽子还有袄子拿来我给你烤烤？”我奶奶朝那个人喊道，睡着的小家伙们走了，我奶奶的音量不由自主地大了些。

那个人大约是被吓到了，身子一震，接着才回身对我奶奶摆了摆手摇了摇头。

我奶奶还想说什么，忽然发现鞋底有些烤化了，连忙转过身子，拎着两只鞋子用鞋底互相拍打着。

那个人又慢慢地回过身，从桌上拿起酒瓶给自己倒了半杯酒，朝我小叔举了举杯，不等我小叔举杯，自己便先喝了一口，并没有说话的打算。

“喝酒可以啊！我猜你起码有二斤的量。”我小叔为了能一起喝酒开始没话找话。

那个人摇头。

“不止？”

那个人还是摇头。

“那是多少？”

“我不知道我能喝多少，没醉过。”

“不知道？还知道不知道咧，我们都讲晓得，没得人讲知道，哈哈哈，文绉绉的哪像卖艺的？”我小叔闷了一口酒，又口无遮拦起来。

我奶奶在一边敲完了鞋底，把棉鞋套回脚上趿拉着，又开始整理门后的杂物，我小叔看着我奶奶的背影无奈地摇摇头，招呼那个人继续喝酒。

“欸？妈，你什么时候把酒收起来了？怎么就三个酒瓶子，老二拿回来的酒搞哪去了？”我小叔一边说着一边桌上桌下地找着酒瓶。

我奶奶瞪了我小叔一眼，转身从厨房拿出两个酒瓶放在桌上。

“你们都喝慢点，别等不到12点放炮贴门对子就喝倒了。”我奶奶说道。

那个人看了一眼墙上挂的老钟，已经夜里11点了。我小叔也看了一眼钟，不耐烦地朝我奶奶摆手：“肯定喝不多的你放心，等下门对子我能贴得笔直的你可信？”

我奶奶走过去在我小叔身上狠狠揪了一把：“我看你现在就喝多了！”

“哪个讲我喝多了？我走个直线给你看看！”

我小叔扶着桌子站起来，踉踉跄跄地往桌边走，手臂在空中乱挥，不小心挥掉了那个人的帽子，露出一个精光的脑袋，我小叔愣了一下，那个人想要夺门而出，发现我奶奶已经把门闩上挡在了门口，那个人回身想抄桌上的酒瓶，我奶奶大喊一声:“老小!逮住他！”

我小叔的酒瞬间醒了，抢先一步抄起了桌上的酒瓶砸在那个人的脑袋上，鲜血混着酒液从那个人脑袋上流了下来。趁那个人捂住脑袋的工夫，我奶奶和我小叔已经将那个人压在身下，两个人手忙脚乱地拆了扁担上的绳子将那个人手脚捆在了一起。

我小叔瘫坐在一边抽着烟，我奶奶把拆好的烟丝揉了揉按在那个人的光头上止血，那个人倒在地上微微呻吟着。

“他不得死吧？”我小叔问。

我奶奶摇头。

“是跑出来的劳教吧？街上哪有人冬天剃光头的！你是叫老大他们去派出所找人了吧？”我小叔又问。

我奶奶用手绢把那个人的脑袋扎了起来，起身坐在一边点了根阿诗玛，大江的便宜烟丝都给那个人止血去了，再舍不得也只能抽阿诗玛了。

“妈，我有点害怕。”我小叔凑到我奶奶身边蹲着。

“怕个屁啊，尿包包子，等下子就来人了。”我奶奶嘴里骂着，手却在我小叔的肩膀上轻轻拍着。

“我又不是怕他，我把人打伤了，警察来了不得逮我吧？”

“警察要逮你我就讲是我打的可中？我猜他们不得逮。”

我奶奶话音刚落，敲门声就响了，我奶奶开了门，派出所和劳教所的人乌泱泱地站在门口，我奶奶让到一边，进来了五六个人把那个人从地上拖起来，领导模样的人把我奶奶很客气地叫了出去，跟我奶奶说着什么。

我小叔想站起来腿却有些发软，我大伯和我爸搓着手进了屋，把我小叔从地上薅起来。

“再喝点吧？”我爸说着倒上一杯酒递给我小叔。

我小叔接过酒一口闷了，魂才回过来。

“你们老早都晓得他是跑掉的劳教都不早点跟我讲，让我做点准备少喝点酒？还是当哥的吗？要是我反应不快，他拿起酒瓶把妈打了怎么搞？”我小叔气愤极了。

我大伯掏出一张写着“怕是劳教，速报官”的纸条。

“妈拿手电筒的时候给我的，我先以为是压岁钱，后来一想我这把年纪也压不住……”我大伯说道。

我爸也掏出纸条：“我不也以为是钱啊？开始还高兴了一下子，后来一想妈连我们过生的时候打个鸡蛋都不舍得，怎么舍得给压岁钱？”

我爸说完自己笑起来，我奶奶这时推门进屋，屋外派出所的人的脚步声也渐渐远去。

“妈，你是么时候晓得他是跑掉的劳教的？”我小叔问道。

我奶奶却头也不回地走进厢房，她一手拎着鞭炮一手拿着对联从厢房里走出来的时候，墙上的老钟刚好敲了12下。我奶奶把鞭炮和对联塞到我小叔的手里:“放炮放炮，赶紧的，正经事可别搞耽误了。”

“讲一下要多大点工夫撒？”我小叔磨蹭着。

我奶奶低头点了根烟，这时，外面传来了此起彼伏的鞭炮声。

我奶奶抓起桌上的酒瓶走到一边的椅子上坐下，慢悠悠地吐了一口烟，斜眼看了我小叔我爸他们一眼:“讲个屁，老子吃过的盐比你们吃过的米多，见过的鬼比你们见过的人多，我跟你们讲也讲不懂。”说着她呷了一口酒，“看人不能光看脸，脸上是看不出个鬼名堂的……赶紧把炮放了吧，日后你们总会晓得的。”

3

破五的爆竹声一响，镇上人的春节基本算过完了。街上铺子老板们手中的鸡毛掸子和抹布都挥舞起来了，都在打扫、盘点货物，准备第二天开市。寻常人家里迎来送往的事情也少了些，开始盘算着年后手头上的活计安排了。我奶奶正月里并没有什么要紧事做，不管旁人如何，她的年是要过了正月十五、点了灯笼、吃了元宵才算完的，当年地主家小姐的做派这时才在她身上隐约显现出来一些。

年初六，街上开市，我奶奶一早起来揩了脸漱了口，便坐稳了下来，对着一面铝皮包边的水银镜（往年的时候放的是铜镜吧），拿起篦子将头发前后左右仔细梳上几遍，接着在搪瓷脸盆里倒上热水，毛巾淹进去捞起来，迅速地拧干捂在头上，再不顺服的发丝这时也乖巧了。她勾起小拇指从额头中间划到脑门顶，头发刚好从正中分开，用手指梳理整齐别在耳后，用黑钢丝发夹卡住。站起身，泼了水，拿起鬃毛刷子刷了刷袖子和裤腿，拍拍棉鞋上的灰，到这算是整理妥当，与平日里的灰头土脸系着一条破洞围裙的她判若两人。

我奶奶从墙上摘下竹篮子挎在手上，脚刚迈出门槛便开始在口袋里找香烟，隔壁裁缝肖老头在井边刷茶缸，朝她点头打招呼她都没瞧见。她叼着烟仰着头，神色里竟有了一些少女的嚣张，虽然背还驼着，步子却迈得稳当，没几步就走到了街上。街上热热闹闹熙熙攘攘，她在每家店铺前都先讲一句恭喜发财再问一声可开张了，若是店主摇头，她便掏钱买一两样东西给人开了张再走。一趟街逛下来，篮子里尽是牙膏肥皂这些总是用得着又放不坏的东西。

我奶奶拎着装得满当当的竹篮还没走到家门口，肖老头便迎了上来："方老太，你到街上买么东西买这么长时间？你家门口现在敲锣打鼓的比街上还热闹哦，舞狮子的人一直不肯走。"

"舞狮子的来了？今年怎么来这么早？"我奶奶疑惑着，走到了家门口，敲锣打鼓的没见着，倒是见到一个穿警服的警察坐在门槛上抽烟。我奶奶回头瞟了肖老头一眼，肖老头连忙解释说："刚还在的。"

警察看见我奶奶回来了，赶紧掐了烟头站起来。"回来啦？"警察跟我奶奶打着招呼，"我代表我们单位来给你送锦旗。"顺着警察手指的方向，我奶奶看见墙上原本挂竹篮的钉子上挂了一面写着"巾帼不让须眉"的锦旗。我奶奶上前摸了摸锦旗，回头对警察说："在这吃中饭噢？"

警察摆手："不了不了，东西送到了我就完事儿了。"

我奶奶悄悄地松了口气，掏出香烟递给警察："那就抽根烟喝杯茶再走吧。"

警察接过香烟，我奶奶给他让了座，泡了杯茶递了过去。肖老头本来笑嘻嘻地背着手在一边假装欣赏锦旗，看见我奶奶泡茶，赶紧把手里的茶缸递了过去，我奶奶抓了一小撮茶叶丢到他茶缸里，肖老头倒上热水捧着茶缸就在警察对面坐下了。我奶奶瞪了肖老头一眼，肖老头低头扯了扯自己的裤腿假装没看见，顺带把二郎腿翘上了。

我奶奶端着干果匣子给警察递了过去，警察抓了一小把瓜子握手心里。我奶奶把干果匣子作势往肖老头面前递了一下就收了回来，肖老头伸出的手落空了，我奶奶得意地笑了一下在一边落了座。

几个人坐在一起喝茶的时候难免要寒暄几句，这是人之常情，可这警察是讲普通话的，一看就是劳教所外地过来的干部，本地的家常闲话讲是讲不来，可这也难不倒爱闲聊的肖老头。

"小伙子，有几件事我不懂我问问你啊。你讲你们劳教所院墙那么高还有铁丝电网吧，劳教是怎么跑出来的？你讲他跑出来怎么不往山上跑，跑街上来搞嘛？有人讲他跑出来两天，有人讲是一天，他到底是么时候跑出来的？"肖老头这些问题估计在心头萦绕了很久，逮着机会就一口气问了出来。

警察用夹着烟的手指挠了挠头，一脸为难的样子："老大爷，你问的这些问题吧，我们领导可能会知道，我嘛，在所里就是个跑腿的小干部，我知道的还不一定比你们知道的多呢。”

“你这个肖老头子话真多哦，小伙子，你别睬他。”我奶奶说着走过去给警察的茶杯续了些热水，警察借着续水的工夫把瓜子又放回了匣子里。

“小干部？嘿嘿，要不是方老太帮你们抓到了劳教，你们所里从上到下都要倒大霉吧，现在就喊个小干部来送锦旗？你讲这些我不信。”肖老头讲完，呼呼地吹了几下茶缸里的茶叶，呷了口热茶，笑眯眯地盯着警察。

警察苦笑了一下：“你以为我们现在就不倒大霉啊？抓到是抓到了，但跑出来的事也是真的，所里从上到下哪个不记了处分？”

“抓到了还要记处分啊？”肖老头有些惊讶。

“不仅处分，还要扣工资奖金。其实人也不是从劳教所跑出去的，那个人之前下矿的时候腰上受了伤，一直在所里的医院住着，医院的看守总归没有所里那么严，那个人聪明，也有点身手，能跑出来也不奇怪，唉。”警察一边说着一边找能灭烟头的地方。

“就甩地上，不要紧的，”我奶奶一边说一边把自己的烟头丢在地上，“反正我等一下要扫的。”

警察见了也就把烟头放在脚底踩灭了，肖老头这时从耳朵上取下一根烟给警察扔了过去：“来，再抽一根。”

警察接住烟，点上，叹气。

“那个人跑出来之后腰伤就犯了，所以不敢往山上跑吧，然后在油厂的仓库里躲了一天，想趴油厂的货车跑出去。谁知道油厂的货车坏了，街上的客车也停了，没地方跑，在仓库的小窗户里就瞄上了你家。他一开始以为你是孤老太太，从早到晚也没见你家来一个人，他交代说准备在你家躲几天再跑，没想到他东躲西藏地从仓库里跑到你家门口的时候，你家已经来了人，再后来，你们就把他抓到了。我知道的就这么多了，这些还是我听同事说的。”警察看着我奶奶说道。

我奶奶点点头：“好在是抓到了。”

“方老太，你还没讲怎么晓得那个人是劳教的喃，总卖关子，打算卖钱啊？”肖老头问。

警察也好奇地看着我奶奶。

“卖么关子哦，我就是看到他脚上穿的劳保鞋起了疑，腊月二十五那天，你们所里派了一批劳教出来扫大街挂灯笼，我看他们脚上穿的都是那样的劳保鞋，我们这的百货店里没得卖，你讲这还不好认？”我奶奶说道。

警察笑了，朝我奶奶竖了一下大拇指起身告辞，我奶奶抓了一大把瓜子塞进警察口袋里。

“吃点瓜子，我就不留你吃饭了。”我奶奶说。

我奶奶看着警察背影走远了，走过去摘下锦旗递给肖老头：“你是老裁缝了，你给看看这个能不能做一件褂子？”

世道

讲话算话

这天上午，雷丰缩在旅社房间的被窝里瑟瑟发抖，他欠了一个星期的房租，老板三天前就不给他送热水和火盆了，这几天的方便面他都是干嚼着下肚，他最怕听见的敲门声又在这时候响了。

1

雷丰没想到自己一个东北大汉竟然被南方的雪天困住了。

他到了冬天的南方，才第一次知道什么是真正的冷。屋外下雪，屋里结冰，纵使他穿着一件皮大氅，手都不敢从袖洞里伸出来。他无时无刻不想马上回到东北他的大火炕上去，但他不能回去，不把钱要回来，他回去还不了别人的钱也是个死。他也回不去，他已经身无分文了。

这天上午，雷丰缩在旅社房间的被窝里瑟瑟发抖，他欠了一个星期的房租，老板三天前就不给他送热水和火盆了，这几天的方便面他都是干嚼着下肚，他最怕听见的敲门声又在这时候响了。雷丰央求老板再给他几天时间，等天晴了他上街打零工也给老板的钱还上，老板摇头摆手地拒绝了，跟他诉了一通苦之后给了他两个冷包子，就把他请出了房间。但老板还算好心，他给雷丰指了一条路，说油厂后面有一个驼背的方老太会收留无家可归的人，虽然一般只收留老弱病残，但可以去试试运气。

走到这个地步，雷丰根本不相信自己还有什么运气，但他也没有别的选择，只能顺着旅社老板指的路走下去。

走到油厂后面的巷口右转，看到有几户人家，雷丰正寻思着先敲哪家门的时候，看见一个驼背的老太太拎着水桶出来打水，雷丰一激动喊了出来：“是方老太吧？”

虽然吃了冷包子，但雷丰的嗓门还是热情洪亮，可他一喊完就后悔了，他听说我奶奶只收留老弱病残，寻思靠装病来骗我奶奶收留的，可刚才那一嗓子就给暴露了，现在他这模样装老弱病残恐怕都不现实，雷丰心想自己果然是没什么运气。

“你哪个？”我奶奶眯着眼问道。

“我是雷丰啊，不是那个雷锋，是打雷的雷，丰收的丰。”事已至此，雷丰索性不装病了，有啥说啥。

“哪个雷丰我都不认得啊，你来找我搞啥事？”我奶奶站在井边点了根烟，看样子是没打算把雷丰请进门。

雷丰干脆厚着脸皮走过去帮我奶奶打了桶水拎在手上：“老太太，外面太冷了，咱能进屋说不？”

我奶奶犹豫了一下点了点头。

雷丰心里一阵窃喜，南北方水井打水方式都不一样，北方是有个轱辘转，南方就靠一根绳子绑着桶扔下去拎起来，扔得不好桶在水面上就砸裂了，好在他在南方待了些日子，学会了用南方的水桶打水，不然这个口还真不好开。

进了屋，雷丰放下水桶直奔堂屋中间的火盆而去，他蹲在火盆边搓手，我奶奶在他身后站住，撩起了他拖在地上的皮大氅。

“地上脏哦，把衣裳搞脏了。”我奶奶讲。

“没事没事，给我冻坏了哪儿还顾得上脏不脏的。”雷丰虽然这么说着，但还是起身把衣服兜在怀里。

我奶奶笑了一下给雷丰泡了杯热茶递过去：“这才哪儿到哪儿？还没到三九天呢，三九天还要冷哦。”

雷丰捧着热茶喝了一口一下就热泪盈眶了，他好几天没喝到热水，都忘了热水烫嘴了。

我奶奶看见了心想，作孽哦，喝茶都不晓得吹一哈子，怕不是个傻子哦？她这么想着便多打量了雷丰几眼。

雷丰长了一张国字脸，眉眼还挺端正，长得人高马大，手脚也齐全，看上去不像是流浪汉的样子。

雷丰见我奶奶打量自己，赶紧掏出自己的身份证递过去：“老太太，您不要害怕，我不是坏人，我是在这边做生意被骗了，现在没钱没地方去了，欠了旅社一个星期的房租，老板把我赶出来了，我跟他们说我要回了债就付房钱，他们不答应，但好在他们还好心，把我指到您这儿啦。老太太，您能让我住下吗？房钱我以后肯定会给您的。”

雷丰说完一脸恳切地看着我奶奶，我奶奶看了一眼身份证，递还给雷丰，点了点头："你先住下吧，房钱以后再讲。"

雷丰高兴地在我奶奶腿边蹲下，捧住我奶奶的手放在自己的心窝里捂着："老太太，您可真是活菩萨啊，我能遇见您真是我的运气。"

我奶奶翻了个白眼给雷丰指了间房："你就住这儿吧，现在跟我讲这些花里胡哨的话没得用，等你有钱了房钱我也不得少要的。"

安顿好了雷丰，我奶奶上了街，一路上她都不时地回头。又在巷子里七拐八绕了两圈，溜到了派出所门口，我奶奶站在派出所的宣传栏前，从上到下从左至右仔细地查看着宣传栏，民警老王巡逻回来看见了她打招呼。

老王："方老太，可找到了？"

我奶奶看了老王一眼，指着宣传栏："这些东西你们最近都没换过啊？"

老王从宽大的警服口袋里掏出一个保温杯，喝了口热茶笑呵呵地说："最近没得新的情况要换嘛呢？没得通缉的人……怎的，家里又去人了？"

我奶奶给老王递了根烟，自己也点上一根："来了一个叫雷丰的北方佬，讲做生意被骗了没得钱住招待所，我让他住下了。"

老王："雷丰啊，我晓得这个人，来我们所报了案讲被骗了钱，实际情况我们了解了一下算是经济纠纷，你放心，他应该没得事在身上。”

我奶奶点点头：“没得事我就放心了，要有事就找你负责哦。”

老王点头：“找我找我，肯定没事！”

有了老王这句话，我奶奶放心地回去了，刚走到家门口，就闻见自家传来的肉香，我奶奶急忙走进厨房一看，雷丰正蹲在煤炉边看着锅里的肉两眼放光。

“哎呀不得了，你可是把我准备腌腊肉的肉给烧了？”我奶奶质问道。

雷丰笑嘻嘻的：“我看咱家就这一块肉，我寻思是炖着吃的呢，就帮你炖了。”

我奶奶叼着烟看着桌上的炖肉不想伸筷子：“我就是一个穷老太太，总共就买了五斤肉准备腌腊肉过年，你一口气都烧完了，我的腊肉怎搞，没得腊肉我的年怎过？”

雷丰愣了一下，一副不可思议的样子：“过个年就腌这么点儿肉啊？您真……这么穷啊，这么穷你咋还总收留别人呢？”

我奶奶气得不想讲话，雷丰也有点不好意思伸筷子，他犹豫了一会儿，还是伸手夹了一块肉飞速地塞进嘴里：“这样啊，您别着急，等我吃了肉有力气，我就去要债，我就算要饭也把您过年的肉给您要回来，您看行不？”

我奶奶叹口气：“你要是能要回来还能落到我家屋檐底下来？”

雷丰被我奶奶的话噎住了，我奶奶想了想，掐了烟拿起筷子夹了一块肉说道：“吃吧，烧都烧了，等这两天把炖的肉吃完了我跟你一起去要账，总要把我的肉钱要回来。”

雷丰有些不解：“为啥要等肉吃完了去要债？”

我奶奶白了他一眼懒得讲话，雷丰堆起笑脸：“老太太，您信不信这几斤肉我一顿都能吃完？”

雷丰看着我奶奶的脸色，当然不敢一顿就吃完，他觉得自己已经很克制、很克制地在吃，但那一大锅五斤肉，除了我奶奶夹了一筷子，剩下的他两顿也就吃完了。

2

第二天一早，我奶奶就催着雷丰一起出门要账。

“以你的饭量，再不出门去要账，我家三天就能让你吃垮。”我奶奶板着脸讲道。

“咳，老太太，我是前几天饿坏了……”

我奶奶手一挥：“不要废话，没得工夫跟你废话，哪家欠的账怎么欠的，路上跟我讲清楚。”

雷丰只得跟在我奶奶后头，把给矿上贾主任垫了运输款，到结账的日子贾主任竟然跑了的事，跟我奶奶一五一十地讲了。

“可有欠条？”我奶奶问道。

雷丰从口袋掏出一张皱巴巴的欠条，我奶奶看着那张不知道经过多少人手又被退回来的欠条，摇摇头，带着雷丰拐进了照相馆。

“给我这个印一下，多印两张，再给塑个封，加急。”我奶奶对照相馆老板讲。

雷丰有些吃惊，他都没想到要复印欠条和加塑封，一个看上去什么都不懂的老太太竟然有这个心思。

我奶奶叼着烟不以为然地讲道：“我跟派出所的老王熟得很，听他讲了许多要债纠纷的事情，许多人还不上钱狗急跳墙就撕欠条吞肚子里，拿塑料皮封起来，不好撕也不好吞啰。”

雷丰竖起大拇指：“还是您高明。”

我奶奶冷笑一声：“还是你运气好，欠条还没被人撕掉。”

雷丰想起之前去贾家要账，贾家人的嘴脸，背后冒了一层冷汗，他想不到自己落到这个境地竟然还算是运气好的人，要是运气不好的人会啥样他都不敢想。但他很快遇见了比他运气还不好的人。

雷丰和我奶奶刚走到贾家的巷子口，远远看见一对夫妻模样的人抱着一个病恹恹的小伢坐在贾家院子门口的石墩子上。一打听，也是上贾家要账的，贾家的院门紧锁，要账的夫妻俩愁眉苦脸地哭诉：“一早过来等了两个多小时了，人影子都没看见哦，我小伢生病了都没钱医，他们家都没人管，作孽哦！”

雷丰看着我奶奶不知如何是好，我奶奶看了看贾家的房子，走累了似的扶着墙叹气道：“鬼都没得能找哪个要账啊？他们等两个多小时了都等不来，我看我们明朝再来吧。”

雷丰听我奶奶这么讲，琢磨着今天可能真没什么办法能要账了，垂头丧气地往回走，走了半道回头看我奶奶正慢吞吞地拖着腿走在后面。

“老太太，您是不是走不动了，走不动我背您？”雷丰问道。

我奶奶点点头，雷丰走过去背起我奶奶，我奶奶在他耳边悄声说道：“拐到旁边巷子躲起来。”

雷丰不明所以但还是照做了，刚想问为什么，被我奶奶从后面捂住嘴，只见那对夫妻从刚才的巷子里走过，我奶奶让雷丰把她放下来。

“那对夫妻要么撒了谎诳我们了，要么本来就跟贾家人一伙的，他们讲在门口坐了两个小时都没见到贾家人，但我摸了贾家烟囱下的墙，还是温热的，没多长时间以前肯定烧火做饭了，做饭的动静他们在外头不可能不晓得。”

雷丰一脸严肃地问我奶奶：“老太太，您以前是不是当过那啥，是不是当过间谍？”

我奶奶一脸茫然：“么事是间谍？”

雷丰再次竖起大拇指：“专业，看不出来您内心活动。”

我奶奶摇摇头又朝贾家走去，雷丰跟在一边。

我奶奶：“你们年轻人讲话真的搞不懂，你讲间谍我不懂，我孙姑娘那天跟我讲她郁闷，我也不懂郁闷到底是么东西，问了都不讲，太烦人哦。”

雷丰：“郁闷我能给您解释，郁闷就是不太高兴。”

我奶奶哼了一声："那直接讲不高兴我还能懂。"

雷丰笑了："原来您也不是什么都懂。"

我奶奶瞪了他一眼："天上的神仙也不是么事都晓得啊，雷神管打雷，风神管刮风，你要我一个糟老婆子么事都懂搞嘛？我帮你把账要回来你恐怕都要给我磕个头哦！"

雷丰点头："别说磕一个头，就算磕十个我都乐意，这钱要回来之后，我再也不来这边做生意了……"

"话也不要讲这么早嘛，我们这边也有好好做生意的人啊。"

雷丰摆手："我向来讲话算话，落到这个田地，我是真受够了……"

我奶奶没说什么，叹口气朝前走着。

到了贾家门口，看见一个50多岁的妇女拎着菜篮子正在开院子门上的铁锁，她看见我奶奶和雷丰愣了一下，想把锁扣住，雷丰上前用手扣住锁。

我奶奶皱着眉："现在假装不在也迟了吧。"

妇女松了手，默不作声挎着篮子又回到院子里，一个60多岁的老头正抱着柴火从柴房出来，看见雷丰和我奶奶来了，把柴火放在地上劈了起来，一边劈柴一边大声嚷着："又来一个瘟神哟！"

雷丰气得指着他骂道："这也就是在你地盘上你横，搁我们东北，我早给你们揍开花了你信不？赶紧把你们儿子找回来还钱！"

我奶奶拦着雷丰："做么事哦，要账就要账吧，可不能跟人动手啊。"

雷丰脸憋得通红："我求过他们也不好使啊，油盐不进啊，他们儿子死活不露面，我有招吗？"

我奶奶继续劝："有话好好讲……"

老头儿，也就是贾父，听我奶奶这么一说赶紧附和着："是啊，有话好好讲嘛，欠个钱又不是欠条命，那么狠吓唬哪个？"

我奶奶笑了笑："是啊，有话好好讲，先礼后兵嘛。"

贾父一听黑了脸，继续埋头劈柴，贾母在一边捡着柴火往灶间拎。

我奶奶见状话也没多讲，拉着雷丰走到贾主任家堂屋里头坐下来，从口袋里掏出烟和火柴摆在桌上，指着条桌上的茶叶罐和茶杯示意雷丰去泡茶。

雷丰有些为难："这……自己动手啊？"

我奶奶："别把自己当客，就像自己家一样。"

雷丰扭头看了一下院子里的贾父贾母，他们停了手里的活计也在看着他，一脸不敢置信的样子。雷丰又看了我奶奶一眼，我奶奶给了他一个肯定的眼神，雷丰打开茶叶罐泡了两杯茶放好，我奶奶打开条桌上的收音机，调到戏剧频道，点上烟，脚踩着火盆靠在椅子上眯着眼喝茶听戏。雷丰在椅子上干坐了一会儿，看贾父贾母恢复了不搭理的状态，干脆学着我奶奶的样子放松下来，喝茶抽烟听着戏。

我奶奶眯着眼，嘴唇微微张着，看上去像睡着的样子，实际上并没有，她瞄见一个年轻的妇女在房间里朝外面偷看了好几次，她琢磨这应该是贾主任的老婆，想问雷丰是不是，扭头看雷丰却在一边真的睡着了，还轻微地打着呼噜，手脚不时抽动一下，不知在做着什么梦。

收音机里已经唱完了一出戏，开始插播广告，院子里的贾父贾母已经在厨房开始做午饭，不知道在做什么菜，菜刀在砧板上剁得震天响，雷丰这时醒了过来。

雷丰看了一眼墙上的挂钟："又他妈的半天了，狗日的贾主任还没回来。"

我奶奶瞟了一眼在房间门缝里偷窥的贾主任老婆笑了一下，安慰雷丰道："莫太着急，半天不回来我们就等一天，反正我们也没得啥要紧事做。"

贾主任老婆听见我奶奶的话直皱眉头，想了想打开房门走出来，她一脸嫌恶地看着雷丰和我奶奶，不耐烦地说道："你们想等多长时间就等多长时间，只要你们等得起。"

贾主任老婆说完捂着肚子跑开了，雷丰站起来要追过去，被我奶奶拉住了。雷丰有些着急："她好不容易露脸了，你拉住我干啥呀？"

我奶奶："她捂着肚子是要去茅房，你跟去搞嘛？她这次出来了就不得再躲，等下子就是耍赖皮了，有话到时候再讲。"

雷丰将信将疑地坐下，我奶奶走过去递给他一支烟，转身的时候不小心把桌上的玻璃烟灰缸碰到了地上，烟灰缸摔成两半，烟头烟灰洒了一地，我奶奶弯腰捡起一块碎玻璃，想了一下又丢在地上："就这么的也怪好。"

雷丰看着贾主任收拾得井井有条的家，忽然明白了我奶奶的意思，他也把刚捡起来的碎玻璃丢到地上，又用鞋底搓了搓地上的烟头，把地面弄得更脏乱了一些。

贾父贾母端着饭菜走进堂屋的时候，抬起的脚犹疑了一下才踩着地，他们把饭菜放在小方桌上，在门口想找扫帚却找不到，仔细一看，扫帚躺在我奶奶的脚底下。这时贾主任的老婆也回来了，三个人坐在小方桌上分着碗筷准备吃饭。以往到了这个时候，雷丰一个人就会坐不住，会回去先吃了饭再回来，但今天我奶奶在这里，雷丰就看着她的眼色行事。我奶奶走到小方桌边，拿过贾父手里的碗筷，推了一把贾父，贾父为了避嫌赶紧站起来，我奶奶就势坐在贾父的位置上，搛了菜吃了一口，招呼雷丰也坐下吃饭。雷丰学着她的样，想从贾主任老婆的手里抢碗筷，但贾主任老婆手紧，雷丰也不好意思出重手，干脆自己到厨房又拿了一副碗筷，重新搬了张凳子坐在桌上吃起饭来，贾家三口人站在桌边看着两个人，都愣住了。

我奶奶看了一眼贾家人，对雷丰说："吃快些。"

我奶奶的话音未落，贾主任老婆爆发了，她一巴掌拍掉雷丰手里的碗，饭菜洒了一地，接着又要来抢我奶奶手里的碗筷，我奶奶可不等她来抢，直接把碗筷递了过去。

我奶奶："我已经吃饱了，你们可要吃一些？"

贾主任父母在一边气得脸色通红，贾主任老婆跳起脚指着我奶奶的鼻子大骂："你个老不死的东西，你还是人啊？哪有人要账还要到人家饭桌子上的，啊？再讲又不是我们欠的钱，是矿上欠的，你们有能耐找矿上要！在我家里撒什么野！你们现在都给我滚，不要给脸不要脸！"

我奶奶面不改色地从嘴里掏出假牙塞进茶杯里，瘪着一张嘴慢悠悠地说道："你们要是要脸，就轮不上我们不要脸了噻，欠条是你家男人打的，手印是他捺上去的，我们不找他找哪个？你光嘴皮子利索有么用？还钱利索些我们早就走了。"

我奶奶一边说着一边把假牙从茶杯里拎上拎下地浸了几回，贾主任父母在一边看得直皱眉头。

"欠条呢，欠条拿出来给我看哈子噻？"贾主任老婆叫嚷着。

雷丰掏出一张复印的欠条递过去，贾主任老婆没仔细看就把欠条撕成几片塞进嘴里。

我奶奶和雷丰会心一笑，雷丰掏出原版塑了封的欠条在贾家人眼前晃了晃："你吞的那个是复印件，你想吞多少我这儿都有。"

贾父黑着脸说道："你们不要以为拿了张欠条就能胡闹了，你们再这么赖在我家，我就喊警察了。"

贾母作势转身要出门："我现在就去喊，老流氓带着小流氓来家里闹事我就不信警察不管。"

雷丰站起来看着我奶奶的脸色，只见我奶奶把洗干净的假牙塞进嘴里裹了裹，冷笑几声："呵呵呵，你一个妇女家，腿脚哪有男的快，要不让雷丰去帮你喊一趟警察吧。"

贾母见没吓唬住我奶奶，停住了脚步，回头跟贾父对眼色。

我奶奶："你不去了？雷丰你去一趟吧，你先去派出所喊个警察来，再回去拿一副扑克，下午没得事我们在这打牌玩。"

雷丰看了看气得吹胡子瞪眼的贾家人，问我奶奶："我走了你一个人在这行么？"

我奶奶哼了一下："他们还能把我这把老骨头吃了？顶多骂几句，骂不出新花样，也骂不掉我一两肉，你快去吧。"

雷丰点头出了门，贾家三口人好像为了证明自己能骂出新花样一样，你一嘴他一舌地骂着脏话。我奶奶曾被对门的老泼妇吴老太"磨砺"过的定力这时也发挥了作用，她心平气和地在一边抽着烟，嘴里哼着黄梅戏，手指在膝盖上叩着拍子，目前的场面和她预想的一样，结局应该也一样，唯一的问题只是时间问题，她有时间可以等，只不过等的过程有些无聊，要是能打上麻将或者扑克就好了。

“你个老不死的卖 × 的，在家里等死不好非要蹲在我家里作死……”贾主任老婆正骂得口沫横飞，民警老王走了进来，雷丰跟在了后面。

老王掏了掏自己的耳朵，瞟了贾主任老婆一眼：“看着人长得清丝丝的，嘴巴这么脏？”

贾主任老婆看见穿着制服的老王，赶紧换了一副委屈的嘴脸说道：“警察同志，我是被逼得没得法子哟！”贾主任老婆拉住老王的胳膊指着一地狼藉：“你看看，你看看他们把我家糟蹋成什么样了？”

雷丰把扑克牌递给我奶奶，站在了她旁边，看着贾家人在警察面前表演变脸。

贾母在一边揉着眼睛似乎要哭出来：“我们在自己家里吃个饭都吃不安生哦。”

老王有些无奈地说：“你们跟我诉苦没得用哦，是你们家里人欠了钱，人老话讲：没得钱，有个言。你们钱没得，言没得，连人都跑得找不到了，人家不到你家来闹，还能到我家？人家手上是有欠条的。”

贾父气愤地说：“那要钱就要钱，把我们家糟蹋成这样你们不管？！”

老王指着我奶奶说道：“你们不认得她吧？我认得，她家地上烟头烟灰都是乱甩的，她肯定不是故意要糟蹋你们家的。再讲了，老同志，我问你，他们打骂你们了吗，动手了吗？”

贾家三口人互相对视一眼，默默地摇了下头。

老王：“我在路上听讲这个碗也是你儿媳妇砸的吧？”

贾主任老婆急忙辩解道：“那是我家吃饭的碗，他们还抢我们饭碗吃饭欸！这是抢劫！”

老王嘲讽地笑了一下：“抢劫？雷丰的钱都在你男人口袋里，他身无分文，在你家吃碗饭怎么了？不吃他就饿死了！”

贾主任老婆翻了一个白眼：“你这个警察同志怎么尽帮流氓讲话，怕不是个假警察吧，事情你们调查清楚了么就在这当判官？”

老王掏出警察工作证：“好，我先给你们看一下工作证，然后我来讲正经的。之前雷丰到派出所报案，我们认为这是普通经济纠纷就让他找你们协商解决，但从这一段时间贾本军个人避而不见的情况来看，这可能是贾本军有预谋的行为，也就是说现在贾本军可能涉嫌诈骗，他要是再不尽快回来解决这个事情，我们有必要开始立案调查了……”

贾家三口人面面相觑，各自在暗地里思考老王说的是不是真的。

老王看贾家人还没有反应，扭头对雷丰说：“你再跟我回一趟派出所立个案吧。”

贾主任老婆有些慌了，冲过去拦住民警老王，着急地说道：“等等，等等，警察同志，我们不是那个意思，我家本军不是躲着不见，他真是有急事出远门了还没回来，等他回来我一定让他跟他们好好协商。”

老王：“你们能联系上他吗？”

贾主任老婆低下头说道：“我们先联系试试看。”

老王点点头：“那你们尽快联系他，跟他说一下情况，早点回来解决问题。”

这时老王的对讲机响了，老王说：“那就先这样吧。”老王拿着对讲机急匆匆地出了门。

雷丰问我奶奶：“咱也走？”

我奶奶点点头，贾家人松了口气。

雷丰搀着我奶奶走到院子门口，只见她从口袋里掏出一把锁，把院子门锁了起来，雷丰愣住了。

雷丰说：“咱不回？”

我奶奶哼了一声：“你没看我们要走的时候他们家人一句话没讲？肯定是变了脸，这时候走，等我们下次来的时候讲不准一家子都跑了。”

雷丰：“警察都发话了，他们不敢有那个胆子吧。”

我奶奶轻蔑地笑了一下，拉着雷丰躲到角落，说：“我们等一下看吧。”

我奶奶和雷丰躲在了院子的柴火房里头，天有些冷，雷丰把他的皮大氅撑起来像一个小帐篷罩住了我奶奶。

我奶奶悄声问道:“你出来要债不装穷一些还穿皮草，怎想的？”

雷丰不服气地说道:“欠债还钱天经地义，跟我穿啥也没关系啊，他们要赖是他们不讲理，搁我们老家，哼，我早就翻脸了，可现在我是外地人，只能装㞞，其实我心里早就撕了他们许多回了。”

雷丰一边说着两手一边做着撕扯的动作，我奶奶按住雷丰激动的手。一阵脚步声传来，贾父贾母拎着行李包走到院子里，贾父从口袋里掏出一挂钥匙递给跟着出来的儿媳，叮嘱她走时要锁好门，连雷丰都听明白了贾父贾母想先出去躲一阵子，等到孙子放学，再让儿媳带着回娘家躲一阵子。

我奶奶拉着雷丰从柴火堆走出来，贾父他们正在疑惑院门上的新锁，听到脚步声回头便看见了我奶奶，贾父带头慌张了起来，他们的心理防线在这一刻开始崩溃。

我奶奶和雷丰回到贾主任家堂屋，贾家人出不去只得跟着回来。我奶奶和雷丰俩蹲在火盆前烤着有些冻麻木的手，火盆里没加新炭，炭火已经不旺，雷丰拿着烧火棍拨弄了一下炭火，贾母见状赶紧从一边的麻袋里取了两根新炭丢在火盆里，然后跟贾父他们一起站在一边，像等待发落的犯人。

我奶奶盯着逐渐烧红的新炭摇头叹气，像是自言自语地说道:“我看到过最坏的人心，往年我以为坏人都是没法子，都是被逼出来的，现在想一下，坏就是坏，好就是好，没得哪个逼着哪个。”

贾父辩解道：“我们真不是坏人，我们就是被逼得没得法子，我儿子欠了许多人钱，不止你们一家，早上还有人蹲在我们家门口要账，你们可能也看到了，他不跑有人要打断他的腿，我们想还钱，也得有钱还啊！”

我奶奶把小餐桌上的剩菜端起来，碗里的菜汤面上已经凝固了一层白色油脂。

我奶奶问：“没钱烧菜舍得搁这么些荤油？”

贾母不以为意地说道：“我们都没得鱼啊肉的，搁些荤油才能花几多钱？”

贾父扯了一把贾母示意她别多嘴，贾主任老婆在一边背着手正想偷偷取下手上的戒指，我奶奶看了她一眼：“现在摘你的大金戒指也来不及了吧？”

贾主任老婆这时刚取下戒指，看我奶奶已经发现了，只好干笑了两声：“都不是纯金的，镀金的，不值钱。”

我奶奶取下她70大寿时儿子给她买的一个小金戒指说道：“我这个是纯金的，那我俩换一个你可愿意？”

贾主任老婆自然是不肯，我奶奶冷笑一声：“实话跟你讲，往年间我家也开过金铺，是个黄物我搟一眼，就知道是不是真的金子，多少分量几斤几两也能估得八九不离十，你不要编瞎话蒙我了，没得用。”

雷丰在一边端了椅子示意我奶奶坐下，又给她新泡了一杯茶。

雷丰笑着对我奶奶说：“想不到老太你还有这么多故事呢，下次讲给我听。”

我奶奶笑了一下，瞟了一眼正在一边踱着步子的贾父继续讲：“现在雷丰的日子已经没法过了，天天在我家吃喝，我家米缸也空了，反正今天你们不叫人把贾本军找回来，我们也不回去了，就住在你们家了。”

到了傍晚，贾主任儿子放学回来了，发现进不了院门，在门口大哭着。我奶奶板着脸并没有开门的意思，贾主任老婆只好在院子里隔着门安抚小伢。天越来越黑了，贾父看出我奶奶他们真的没有要走的意思，听着孙子在外面惨烈的哭声，终于撑不住了，走去厨房，在黑漆漆的碗橱顶上摸出三个油纸包递给雷丰，让我奶奶赶紧把小伢放进屋。雷丰把油纸包打开一看，每个里面包了一沓百元大钞，雷丰点好钱，掏出欠条交给贾父，贾父一脸嫌恶地把欠条丢进了灶膛里。

“开门吧！”贾父恶狠狠地说道。

雷丰点了点头，我奶奶掏出了新锁的钥匙，院门打开，我奶奶和雷丰准备要走，贾父忽然上前用两手抓住雷丰的胳膊咬牙说道：“你不能跟外人讲我把钱给你了，我儿在外头还有不少债主，他们要是晓得都学你们这么来要债，我家就要败咯。”

雷丰无可奈何地点了头，贾父这才松开手。

走到半路，我奶奶和雷丰又遇见了早上在贾家门口看见的那个丈夫一样的男人。

“你们可要到钱了？”男人问道。

“早上你们晓得他家有人吧？”我奶奶反问道。

那个男人抓了抓乱糟糟的头发：“晓得……当时我小伢生病了我们着急走，怕你们今朝去要债，他们给了你们就不得给我们，我们就瞎扯了个谎……”

雷丰刚想说什么，被我奶奶拦住，我奶奶把那个男人叫到一边，把她和雷丰要账的经过跟他说了一遍，男人满怀希望地走了。

雷丰：“你拦我的时候，我还以为你不想跟人说咋要的账呢。”

我奶奶白了他一眼：“你答应了贾家老头子讲不告诉人，你讲话要算话，我又没答应，我想怎么讲就怎么讲啊。”

“快来，快来，放这儿就行了。”

雷丰招呼着身后两个抬着一大筐猪肉的人。

“你搞嘛呢？”我奶奶问道。

“吃了你的肉我买了还你啊，我要讲话算话的，还要给你磕十个头呢。”雷丰一边回答我奶奶一边跟送猪肉的挥手：“明年我还来买你的猪肉啊！”

“欸？你不讲以后不来这边做生意了吗，还来搞么事？讲话不算话了？”我奶奶问。

雷丰笑道：“我是发现了一门好生意，你们南方冬天屋里太冷了，家家户户都缺个大火炕，我打算明年来给你们这盘火炕，肯定能赚一笔，不来了的那句话就不算话喽！”

世道

这个世界有很多的想不到

烤鸡店开业那天，陈伟只放了一挂鞭炮。方老太有些奇怪：『你开店也算是大喜事，怎就放一挂鞭？怎么也得多放些才热闹。』方老太讲着话的工夫就想出门买鞭炮给陈伟放一放，陈伟拦住了方老太。

1

时间倒退三年，打死陈伟他都想不到自己能从一个要饭的变成一个烤鸡店老板。他以前不过是我奶奶收留在家里的一个瘸腿要饭的，要不是我奶奶帮他找了车，带他去武汉找了妈，他肯定不会有今天。可惜的是他和妈妈的缘分太短，他只陪了她一年，她就去世了。

陈伟给妈妈烧完七七又烧了冬至的纸之后，回到我奶奶家，没有了妈妈，收留过他的我奶奶就是他世上最亲的人了。

这次陈伟回到我奶奶家可不是被收留了，他租了我奶奶一间厢房，又租了我奶奶一块地皮，他准备修间小屋来开烤鸡店。我奶奶的地皮在巷子里头，连临街的位置都不是，在别人看来这就是一个亏本买卖，但陈伟不这么看，他租我奶奶的房子和地皮一是能让我奶奶多些收入，二是他对手里的烤鸡秘方有信心，人家酒香不怕巷子深，他的烤鸡可是比酒更香呢。

陈伟从未这么信心十足过，或许是春天来了的原因。春天，总是让人充满了希望。

几场春雨下过之后，镇上的那条在冬天快要枯死的河先活了过来，水流潺潺，水草似乎也在一夜之间茂盛了许多，在河里洗衣的妇女们挥舞着棒槌“梆梆梆”敲打衣服的声音回荡在空中，叫醒了各种鸟雀，鸟雀们飞落在各家屋檐下，又叫醒了人们想要踏春的心。

陈伟的“叫花子烤鸡店”就在这时候开张了，陈伟修的小屋，白墙黑瓦大窗户，简单明亮大方，他买了崭新的烤炉，又去街上的玻璃店定做了玻璃柜台，嘱咐老板一定要用最透亮的那种玻璃，才不会影响他烤鸡的卖相。店门口的招牌“叫花子烤鸡店”也是请我奶奶用毛笔写的，写招牌的时候我奶奶问陈伟怎不取个别的名字，陈伟讲他本来就当过要饭的叫花子，就取这个名字，他不觉得叫花子丢人，而且叫花鸡在外面很有名气的，他还算借了光呢。我奶奶听他这么一讲才放心地写了，写完之后陈伟把字送去做招牌的店里制作成了灯箱招牌，这样夜里不但醒目，还能给过路的人照个亮，陈伟向来细心得很，事情总是办得面面俱到。

烤鸡店开业那天，陈伟只放了一挂鞭炮。

我奶奶有些奇怪：“你开店也算是大喜事，怎就放一挂鞭？怎么也得多放些才热闹。”

我奶奶讲着话的工夫就想出门买鞭炮给陈伟放一放，陈伟拦住了我奶奶。

陈伟解释道：“我又不是没得钱放鞭，放鞭就一阵响，我听了热闹，有些人听了吵，不如把钱省下来送点烤鸡给街坊邻居试吃一下尝一尝，大家都高兴，而且好吃的话人家以后才会来光顾嘛。”

我奶奶点了点头，心想陈伟到底是年轻人，脑子就是灵光。

陈伟对烤鸡店的付出很快就有了回报，叫花子烤鸡一时很受欢迎，走亲访友的拎一只烤鸡，实惠又体面，出去春游的学生带上半只烤鸡，便捷又营养。一时间陈伟忙得四脚朝天，却不敢叫我奶奶去帮手，我奶奶习惯了邋遢，他做食品生意，卫生第一。我奶奶也有自己的本分，平日里有客人的时候，从不靠近烤鸡店半步。

这一天中午，陈伟实在忙不过来，想雇个帮手，托我奶奶帮他找个人，我奶奶想了一下，跟陈伟说起万喜和李淑娟两口子来。万喜是个瘸子但人很勤快，他老婆李淑娟四肢周全，但身子要懒一些，两个人都没啥进项，让陈伟能帮些就帮些，可能就在两个人中间选一个，她再上门去讲？陈伟想了想，选了万喜，我奶奶马上就上山去喊万喜下来做帮工。

我奶奶上门之前想起李淑娟的那个叫诗甜的小伢，小伢都是见风长，这几个月没见，诗甜肯定又长大不少，啃烤鸡肯定没问题了。我奶奶让陈伟给她包了半只烤鸡带上山给诗甜吃，陈伟倒是大方给了一整只，我奶奶就拎着一只烤鸡从小路往山上走。这个时节，路边到处开着映山红，我奶奶看准了开得最红的一簇，过去采了一把别在腰上，想着等下送给李淑娟插在罐头瓶里，她要是不要，就拿回去自己插，不过哪有女人不喜欢花呢？

我奶奶手里拎着烤鸡，腰里别着映山红，嘴上叼着半根烟走到万喜家门口喘着气。万喜家门关着，我奶奶趴在窗口瞄了一眼，屋里头没人，她在门槛上坐下，抽完了烟，嘴里有些干渴，在腰间摘了一朵映山红，把花蕊拔干净，塞进嘴里嚼了起来，映山红花味道酸酸的，嚼几下嘴里就会泛出许多口水，很能解一时的渴。我奶奶嚼完了花，瞄见墙角有几个玻璃瓶，她找了一个看上去干净些的瓶子，又去旁边万喜家引水的小沟渠里接了些水，把花给插上了。

插完了花，我奶奶又坐回门槛上歇了歇，点了一根烟，万喜和李淑娟牵着诗甜回来了。

万喜快走了两步，回头看了李淑娟一眼，李淑娟朝天翻了一个白眼，万喜等了一下，还是先朝我奶奶走了过来：“老太太，你来了？”

我奶奶点点头，李淑娟和诗甜也走近了，她站起来把烤鸡给诗甜递过去：“给你吃。”

李淑娟攥着诗甜不松手，诗甜没敢伸手，可怜巴巴地看着万喜。

万喜接过来闻了一下，问："么东西？这么香。"

我奶奶笑："叫花子鸡，给小伢吃。"

万喜打开油纸包，撕下一只鸡腿递给诗甜，李淑娟没说话，低着头拉着诗甜开门进了屋。

我奶奶用下巴指了指李淑娟的背影问万喜："怎搞的，我又哪得罪她了我不晓得？"

万喜有些不好意思地挠挠头说道："她在气我，跟你不搭界。"

我奶奶摇摇头："你不用哄我，以前看见还打个招呼，心里有气，面子头上的事情还都过得去，现在招呼不打黑着脸，肯定还是有事在气我。"

万喜低着头面露难色，叹口气没说话。

我奶奶问道："可是我之前叫你学医的事情，她不同意？"

万喜点头："嗯，跟我干了好几仗了。"

我奶奶有些惊讶："为嘛？学些本事又不是坏事，日后赚钱了能过好点的日子她怎还不同意？"

万喜故意提高了声音说道："她就是怕我太本事了以后不要她们了，老太太，你讲我是那种人吗，我哪不是个有良心的人啊？"

我奶奶朝屋里瞟了一眼："我去跟她讲讲？"

万喜拉住我奶奶："算了，没得用，书都给她当柴火烧了，她现在一天到晚巴着我。你看，带诗甜去打预防针也要我跟着，唉！"

我奶奶叹口气："你俩都成了家，还能么样搞呢？将将好，我今朝来了，有个人租了我家房子开了个烤鸡店，他在找帮手，我来问问你可愿意去？你俩在山上住也没得么进项，有个事情做每个月还能挣些钱。”

万喜摸着腿：“我这样人家要我去？叫淑娟去可中？”

我奶奶说：“人家要男劳力，我跟他讲了你，才上来喊你的，你跟她商量一下，她要一天到晚想巴着你，她跟去也中，但只能开一个人的工资。”

万喜点点头：“我等一下跟她讲。”

我奶奶拍了拍万喜的胳膊：“你要还想学医，书能再买，她的心思你慢慢磨吧，我先走了。”

万喜点点头：“唉，你水都没喝上一口。”

我奶奶摆摆手：“也不渴。”

我奶奶转身准备下山，又忽然想起了什么似的，她回头端起那瓶映山红花：“哎呀，差点儿把我的花搞忘了。”

第二天一早，陈伟就在店里忙活上了。村干部崔友年头一天晚上特意来了一趟，讲今朝市里的学校要带学生到镇上新茶园写生，要订20只烤鸡，中午的时候送到新茶园去。学生要吃的烤鸡准备好了，还有散客的生意要做，陈伟一早上就忙得满头是汗，我奶奶在井边择着菜，不时地抬头张望一眼，正疑惑着“万喜怎还没来，会不会不来了？”的时候，万喜走到了我奶奶的家门口，眼角还带着抓痕。

“又干仗了？”我奶奶问。

万喜摸摸伤口，叹口气在我奶奶身边蹲了下来：“老太太，你讲当时我还给我和她算过八字，怎么就没算到有这一天呢？”

我奶奶瞟了万喜一眼：“不想跟她过了？”

万喜摇摇头：“还是要过的嘛，就是想晓得这个日子这个过法哪天是头啊！”

我奶奶撇了一下嘴：“那你俩还是天作之合，她这个样子，换其他男人早就跑了。”

万喜叹气：“是我没得用。”

我奶奶笑了：“夫妻俩过日子哪真有个高低，你在意她吃些亏也不叫没得用。”

万喜有些气急：“平常我吃亏就算了，我来挣钱总是好事吧？她还不让我来，我有时候都不晓得她那个脑子怎么想的。”

我奶奶问：“她不让你来那你怎么还来了，不怕回去又干仗？”

万喜还没来得及回答，陈伟从店里探出个脑袋喊着：“帮忙的人来啦？”

我奶奶看着万喜，万喜一咬牙站起来：“日子总是要过，挣钱要紧。”

万喜跛着腿走进烤鸡店，陈伟看了一眼万喜的腿，万喜刚想说什么，陈伟一把捞起自己的裤腿露出义肢，笑着说：“我这个假的，你那个腿好歹是个真的。”

万喜笑了。

不到中午，店里的事情万喜都上了手，陈伟正好腾出工夫去新茶园给学生送烤鸡。他找隔壁的肖老头借了自行车，把烤鸡包好装在竹篮里用自行车载着去茶园。

中午的时候，我奶奶在井边的树底下喝稀饭，肖老头啃着陈伟送的鸡头从后门走出来，看了一眼她的饭碗，说：“你要不收他俩当干儿子吧，以后烤鸡就任你随便吃，你吃不掉的还能给我。”

我奶奶瞪了肖老头一眼：“我又不喜欢吃鸡，搞嘛还要便宜你？”

肖老头说：“我看你那么瘦，劝你多吃肉，不然以后生病了都扛不住。”

我奶奶不以为然地说道：“有钱难买老来瘦，你懂个屁！”

肖老头神秘兮兮地凑过来小声说道：“你不晓得对门的吴老太在医院里头吧？听讲许多天都不能吃东西，就靠她一身肉还有营养针撑着，不晓得能撑到哪一天。”

我奶奶掰指头算了一下，有些恍然：“哦哟，我讲清明节都没看她去上坟呢，住院了哦？在哪个医院？”

肖老头说：“听讲到南京的医院咯，我们这个小场子看不好癌，只能到大场子的医院去，我看现在得癌的越来越多了，我们也不要省了，有好的就吃好的，哪个晓得哪一天就么东西都吃不成了？”

我奶奶点上烟抽了一口：“你讲得对，你晚上要烧好吃的了吧？我晚上到你家吃饭去？”

肖老头惊讶地说：“到我家？我还想到你家吃好的呢。”

肖老头说完把最后一块鸡骨头嘬进嘴里使劲咀嚼了几下，然后走到树底下“呸呸呸”了几下，把嚼没了味的骨头渣吐在树根下。

我奶奶看乐了：“咱俩都是又穷又抠，算了吧，就算咱俩得了癌，进医院也撑不过三天，不如在家死了太平。”

肖老头赞同地点点头，这时陈伟骑着自行车按着铃叮叮当当地回来了。

陈伟停好车，胸口已经汗湿了一块，他扯扯胸口的衣服凉快了一下，打了桶井水喝了个痛快。

陈伟打了一个嗝，说：“老太太，我给你接了个生意。”

我奶奶愣住了：“我能做么生意？”

一阵叽叽喳喳的说话声传来，陈伟回头看了一眼，只听到人声，还没看见人影。陈伟说：“崔干部讲有一个爱心班的学生现在还没找到地方住，招待所住满了，其他旅社又贵，我就把他们介绍到你这来了，你家能住几个是几个，钱收便宜点就中了。”

这时崔友年带着一个大胡子男人和一群背着画板的学生正走过来。

我奶奶问：“爱心班？”

陈伟压低声音：“就是……家庭条件不好的学生，他们学画画都是免费的。”

我奶奶昂着头站起来：“那在我家免费吃住也中。”

崔友年听见我奶奶的话，很高兴地握住她的手：“哎呀，方老太，你可真是帮了大忙，学生要在你家住两个晚上，你看可中？”

我奶奶瞪了崔友年一眼：“你这话讲的，只要学生不嫌弃，想住多长时间都中。”

一个大胡子男人走到我奶奶跟前：“老人家，谢谢你啊。”

崔友年给他们介绍：“这是刘老师，是负责这几个学生的，七个学生一个老师。这是方老太，我们这里出了名的好人，方老太，你家可住得下？”

我奶奶点头：“还有三个空房间，一个房间有一个大炕，挤挤应该住得下。”

崔友年问刘老师：“你看？”

刘老师肯定地说道：“我们这些孩子都是能吃苦耐劳的，有得住就行。”

我奶奶看了一眼学生，笑了：“一个女伢都没得？这更住得下了，不用分男女房间，怎么都挤得下。”

刘老师点头：“是啊，挤挤就行了。”

这时一直在旁边看热闹的肖老头问：“要是挤的话，老师住我家去吧，我家还有个房间，也干净些，房钱给你算最便宜的。”

刘老师笑笑说："大爷，谢谢了，我还是跟孩子们一起住比较好。"

我奶奶捶了肖老头一把："你怎么不讲免费住，什么钱都挣啊？"

我奶奶作势还要捶，肖老头赶紧躲了开。

下午的时候，刘老师带着孩子们去水库边画画，向来邋遢的我奶奶破天荒地在家换床单缝被套。

陈伟和万喜趁空闲过来帮手，陈伟啧啧道："老太太，我在你家住这么久，都不晓得你还有新被子。"

我奶奶得意地笑："我宝贝东西多得很，还能样样给你晓得？你俩帮我把被子撑平些，我缝个好被面，小伢们细皮嫩肉的不能叫粗布刮着了，现在夜里还有凉气也不能让他们冻着了。"

万喜用手摸着红绸大绿花朵的被面笑道："老太太，这大红大绿的不是给你儿子讨老婆用的喜被吧？"

我奶奶扯了一根长线，把针递给万喜："你话太多哟，先帮我穿个针。"

万喜穿针引线的功夫不中，线打了结，抱怨道："搞这么长的线怎么穿？"

我奶奶笑说："我这叫懒人穿长线可懂？等下你们忙去了，我找哪个穿？"

闲话间的工夫，被子也缝完了，尽管针脚稀松到空际间差不多能插进去一只手，但棉絮也是有里有面地被包裹住，差不多就行了，我奶奶并没有对自己的手工活抱太大期望。别人也没有。

陈伟和万喜帮我奶奶干完了活，也开始忙着收拾活鸡。叫花子烤鸡店的一个招牌就是活鸡现烤，活鸡要自己宰杀去毛放血等等，比市场上买现成的冷冻鸡麻烦许多，但烤出来确实比冷冻鸡肉更香，所以这个步骤省略不得，也是烤鸡店里最累人的活计。我奶奶见他们忙着自然也要投桃报李，在厨房帮他们用大灶烧开水备用，烧了足足三大锅开水之后，陈伟进来打招呼说开水够了，我奶奶又添了一锅水，准备给小伢们回来洗澡用。

这看上去是一个再平常不过的下午，每个人都忙着手里的活计，没有人注意天空的云朵，临近黄昏的时候，天边泛起红光，伴着袅袅烟雾，不知是谁先喊了一句“着火了”，让人们都以为是远方的山烧了一场大火。大家争相拿着水桶脸盆走上街，朝着红光的方向奔去，上街头的人已经跑到了山边，下街头的人刚跑到上街头，漫天的红霞忽然铺展开来，整个小镇都变得红彤彤的。不知是谁在电线杆的大喇叭里喊了一句“莫要慌！是火烧云！”大家这才松开紧绷的心，取笑着周围先喊了“着火了”的人，挽着水桶端着脸盆站在街上欣喜地看着、交谈着这难得的景象。

我奶奶他们都没有上街去“救火”，我奶奶说他们自己“老的老，残的残，莫要上去给人添麻烦就是帮大忙了”。后来听讲是火烧云，我奶奶和陈伟他们在门口看了一歇会儿云彩便各忙各的了。

刘老师可能是带着学生们在街上画云彩，我奶奶把饭菜热了两回还没见着人回来，于是差陈伟和万喜去街上把人找回来。

我奶奶说："云彩要怎样紧着看？看一歇会儿不就中了？帮我去把小伢们都找回来吃饭，画画再要紧还有吃饭要紧？快去找。"

陈伟和万喜只得分头上街去找人。

趁着陈伟他们去找人的工夫，我奶奶又在大灶底下加了些柴火，把大锅里的热水又烧滚了一遍，太阳一落山，热气散了些，水要是不够热，怕小伢着了凉。我奶奶心想这不是自家的小伢，更要招呼得要紧些，在外头要是病了，小伢家里父母晓得了怕是要心痛死。

没多久的工夫，陈伟他们带着刘老师还有学生们回来了。到底是家庭困难的小伢，没有挑食的毛病，我奶奶的手艺做出的一桌菜盘盘都吃得精光，刘老师吃得客气了些，但我奶奶瞧见他敞开的包里还有小零嘴，就懒得管他的饥饱。她等小伢们吃饱了饭，按个头大小安排他们洗澡，小的先洗，大的排队等着，一锅水怕是不够，我奶奶又在灶下烧水，让关了店的陈伟和万喜再帮把手，抱些柴火，给小伢们倒倒水。

陈伟和万喜在灶下抱怨我奶奶使唤他们连根烟都不舍得给，我奶奶抄起一根柴火作势要打陈伟和万喜，他俩笑嘻嘻地躲开，我奶奶有些好奇："你俩才认得一天的工夫，怎就哥俩好了？"

陈伟搂住比他矮一截的万喜说："有缘千里来相会啰。"

万喜笑："那我今晚不回去了，好好相会。"

陈伟一把推开万喜笑骂道："快他妈的回去睡你的婆娘吧。"

一天的工夫，两个人一边干活一边已经交换了彼此的人生经历，同是天涯沦落人，恐怕才是他们成为朋友的前提。

万喜端了一盆热水出去，准备给小伢们加完热水就回去了，可他刚跨出厨房门没几步，又端着热水原封不动地回来了。

陈伟问："怎么又端回来了？"

我奶奶也疑惑地看着万喜，万喜把热水放下，把陈伟拉到厨房门口讲起了悄悄话。

我奶奶嘀咕着："两人又神神鬼鬼地搞么？"

陈伟赶紧咳嗽了一声，和万喜两个人端着热水出去了。

小伢们和刘老师都洗完澡，已经快九点了，我奶奶准备让小伢自己选和谁一个房间睡，刘老师让她早点去休息，这些小事他来安排就行。我奶奶忙了大半天，也确实累了，懒得再烧水给自己洗澡，去灶下用剩下的一些热水烫了烫脚就准备睡觉，经过陈伟房间的时候，听见里面有说话声。

我奶奶敲了敲陈伟的房门："万喜在里面啊，今朝真不回去了？"

万喜打开门，假意瞪了我奶奶一眼："还不怪你叫我留下来帮忙，天这么黑了，我怎么上山？”

我奶奶一看表：“哎哟，这么晚了，那你俩睡那个床可挤？可要给你们再打个地铺？”

陈伟一边取下自己的假肢，一边说道：“就一晚上，不麻烦了，我俩加起来才两条半腿，嘿嘿，不占地方。”

我奶奶掏出一包烟丢过去嘱咐道：“晚上别讲我坏话，别讲我连根烟都舍不得给你们。”

我奶奶在半夜醒了，她的小腿又开始抽筋了，疼，但是还可以忍受。她早过了能掰到腿的年纪，只能在被窝里靠着床头抬腿，等着筋肉松弛。四周安静得要命，连阁楼上的耗子们都歇了，月光照了满床，她轻轻地活动着腿，这时她好像听见划火柴的声音，她想着到底是陈伟还是万喜半夜睡不着在抽烟，可别不小心把房子给点着了，但她又疑惑着自己听错了，疼痛慢慢消失，困意袭来，我奶奶又睡了过去。

2

早起的人们总是混沌且沉默的，因为身体比脑子醒得早，每天早上做着不用经过大脑、条件反射般习惯做的事情，等着大脑清醒，抽烟的人几乎都用一根烟打发这段时间，我奶奶毫不例外，她靠在床头抽了根烟，才真的算醒了过来。

我奶奶走出房门，发现堂屋的地下已经扫干净，拎了一下热水瓶也是满的。她走到厨房，发现陈伟和万喜一个在灶下烧火，一个在灶前煮菜烫饭。

她朝着厨房的窗口探了探脑袋说道："我要看看今朝的太阳可是从西边出的，你俩怎起这么早，还给我烧水煮饭抢着帮我做事了？"

陈伟和万喜两个人隔着灶台对视了一眼，都像是指望着对方说话似的，这个努努嘴，那个摇摇头。我奶奶觉出了不对，万喜有时确实会装腔拿调的，但陈伟不会，如果陈伟脸色不对，那就是有什么事情了。

“你俩这个鬼脸色，是出了么事？”她开门见山地问。

陈伟和万喜还是不出声。

我奶奶有些急了，一巴掌拍在离她近些的万喜背上：“要死哦！快点讲噻！”

万喜支吾着，试探地看着陈伟，陈伟微微摇了一下头，然后低头烧火。

万喜咳嗽了一声：“没得事。”

我奶奶瞪了万喜一眼，去灶下把陈伟拉起来：“不讲算了！都给我出去，出去！别在我这儿碍眼！”

“大妈，您起得真早啊。”刘老师不知道什么时候冒出来了。

我奶奶一边推着陈伟一边跟刘老师打着招呼：“你也起来啦？马上就吃早饭了。”

刘老师笑着点点头。

陈伟经过刘老师身边的时候忽然嘟囔了一句：“畜生。”

刘老师“嗯”了一下，他觉得自己没有听清楚，也可能是他不敢相信自己的耳朵，陈伟头也不回地出去了，刘老师有些摸不着头脑。

我奶奶盛了一碗菜烫饭递到刘老师手里：“快吃吧，不够再添，也要喊小伢们起来吃饭了吧？”

刘老师点点头，端着饭碗出去了。我奶奶抹了抹灶台，从厨房后门出去了，绕到烤鸡店门口，看见陈伟和万喜正在擦柜台。

她走过去问道：“在这讲可方便些？”

陈伟和万喜好像商量好了什么，神色已经安然了许多。

陈伟说：“晚些再讲，等他们吃了饭出了门的。”

我奶奶点点头，转身从大门回去了。

刘老师正在吃饭，看我奶奶从大门进屋一愣，回头看了一眼厨房，我奶奶笑了一下：“吓到你了？我从后门出去的。”

刘老师点点头，小伢们陆续从房间出来，先是跟老师问好，再跟我奶奶问好，很有礼貌的样子。

刘老师轻轻拍了一下一个小伢的脑袋：“记住了，下次有老人在先问老人好，知道吗？”

小伢立刻低下头：“老师我错了。”

我奶奶拉过小伢：“快去吃饭吧，刘老师，哪有一早就管教学生的，饭还没吃呢！”

刘老师无奈地笑了笑：“管教学生哪分早晚。”

刘老师和小伢们吃完了早饭便背着画板出门写生，刘老师打了招呼说要在外面画一天，中午不回来吃饭，我奶奶的上午因此空闲了一些。刘老师他们刚出门不久，陈伟和万喜从烤鸡店一路小跑进了屋，反手关上了大门。

“出了么大事，还要关门避着人讲？”我奶奶略有些惊讶。

万喜抓住她的手：“老太，那个畜生应该抓去坐牢！”

“哪个畜生？”她问了一句，忽然想起来早上陈伟经过刘老师身边喊的那句“畜生”，“刘老师？”

万喜瞪着眼点头。

“坐牢，他犯了么罪？”我奶奶吓了一跳。

陈伟和万喜不说话。

“他是通缉犯，你们认出来了？”我奶奶问道。

陈伟对万喜说：“门都关起来了，你就直讲吧。”

万喜犹豫了一下一咬牙：“那个畜生他……他……我讲不出口……”万喜反手扇了自己一下。

陈伟拦住万喜的手，接过万喜的话也是咬牙切齿地说：“那个畜生他妈的不是人，他玩人家学生！”

我奶奶先是愣了一下：“玩学生？”然后反应过来，她直摇头，“瞎讲！人家是老师，学生才几岁，还都是男伢，不可能，你们听哪个人瞎讲的？”

万喜有些急了：“老太！我亲眼看见的！昨朝晚上你叫我端水出去，我看到他要帮学生洗澡……”

我奶奶松了口气：“洗澡啊？小伢自己洗不干净，又喜欢玩水，帮他洗澡有么关系？都是小男伢，又不是给小女伢洗澡……”

万喜嘟囔着：“不止这些啊。”

陈伟瞟了万喜一眼说:“不要讲了，她根本不信。”

我奶奶有些生气:“人家是老师，老师是搞嘛的?就是教学生、照顾学生的，再讲，小伢们父母不在，就一个老师带出来，吃喝拉撒肯定都归老师管，你们瞎操心哦这是。”

万喜嚷嚷起来:“老太太!你真不晓得天底下有浑蛋畜生一样的人吗?你只晓得有男的强奸女的，不晓得这世上有男的也会……我小时候就碰到过……”

万喜说完看了一眼陈伟，陈伟靠着墙边蹲下，坐在地上低下头说:“我们都碰到过。”

陈伟眼眶红了:“那时候小，腿也不好，碰上这样的畜生跑不掉，家里人本来就不管我，被欺负了也不敢讲，我晓得讲了也不一定能怎么样，只能盼着长大些，能跑就赶紧跑。”

万喜喃喃着:“一样的，都一样的。”

我奶奶愣住了，半天没说话，她的脸憋得通红:“这世上……还真的有?你们两个作孽的伢哦，怎么是这个命……”

万喜点了根烟，手一直在抖:“昨朝我跟陈伟都觉得不对劲，晚上我们一夜没敢睡。我们看到那个畜生晚上叫学生跟他一起睡，趁学生睡着了玩小雀儿(小男孩的生殖器)，昨晚月亮光大得很，我们在墙缝里头看得清清楚楚。”

我奶奶起身扶着墙走到厢房门口:“你们等一歇，等一歇再讲。”

她进了房便关上了房门，陈伟和万喜坐在原地，谁也没有说话。

过了一会儿我奶奶打开房门，站在房门口问了一句：“你们昨晚怎不喊我？”

万喜抬头看了一眼她，低下头抽烟说：“怎么喊？小伢睡着了不晓得还好，喊醒了把小伢们吓到了怎么搞？”

陈伟点头：“小伢现在多少懂些事情，有时候可能是害怕在装睡……”

我奶奶走出房间，扶着椅子背坐了下来：“这个畜生东西……晚上他还敢回来，老子敲断他两条腿，还要阉了他当太监！”

陈伟和万喜也在一边坐下来，却有些垂头丧气的。

我奶奶点上一根烟，抽了两口冷静了些：“得想个法子把这个畜生抓起来，还是先报派出所吧？”

陈伟皱着眉头低声说：“没得用，没得证据的事情派出所不得信。”

万喜捶着腿懊丧地说：“要有照相机就好了，给他照下来！”

“你俩当人证不中啊？”我奶奶问。

陈伟摇头：“我们怎么讲没用，派出所一调查肯定要问学生话，学生怕老师，不一定讲真话，那个畜生讲不定还吓唬他们了，到时候就是竹篮打水一场空。”

我奶奶点点头：“也是，小伢可怜，那个畜生东西，总要想个法子治住他。”

这时大门外忽然传来隔壁肖老头的声音：“欸？方老太，你大白天关着门做么事？”

我奶奶看了一眼陈伟和万喜说：“肖老头鬼主意多，问问他这个事情还能怎么搞可中？你们的事情我不讲。”

万喜把烟头狠狠丢掉，说：“只要能把老畜生抓起来，不让他再害人，讲我也不怕了，我已经想开了。”

陈伟也咬牙：“去他妈的，豁出去了。”

肖老头听说了这个事情之后并没有很吃惊，让大家都有些惊讶。

“肖老头子，这种事情在我们这你可听讲过？”我奶奶问道。

肖老头抽了口烟：“怎么没听讲过，先前男澡堂子里有一个畜生东西喜欢讲这些鬼事情，还喜欢摸男的屁股，后来‘严打’的时候被抓起来，听讲都枪毙了，事情肯定有过的，就是没哪个跟你们女的讲就是了。”

我奶奶恨恨地说道：“这个姓刘的畜生东西也该拉去挨枪子。”

肖老头叹口气：“哪有那么容易哦，他也不是我们本地人，去派出所人家都不见得管，要告他也要到他们学校去告，到市里去告。”

我奶奶点点头：“到哪都中。”

肖老头说：“你们要不怕麻烦，我就给你们出个主意，不过我丑话讲在前头，这个事估计一天两天完不了。”

陈伟说："只要能抓他，老子店不开了都中。"

万喜也点头表决心："我一个光脚的也不怕人家穿鞋的，不把他告倒，我都睡不安稳。"

我奶奶也表态说："他俩不怕，我一个老婆子更不怕了。"

肖老头点点头："他们今朝晚上还要回来，先不要吱声，像没得事一样，等学生明天回去了再讲。"

万喜问："那今晚那个畜生还要下手怎么搞？我们不能看着不管吧？"

不等肖老头说话，我奶奶先说了："这个事情我有法子。"

几个人商量出了大主意，心里都妥帖了一些，陈伟和万喜一夜没睡，还没到中午已经挺不住了，烤鸡店干脆没开门，两个人各自回房倒头便睡，还有一个漫长的夜在等着他们。

我奶奶取出纸笔，坐在房间的窗前写字，字在纸上写得四平八稳，她心里却像着了火一般兵荒马乱，这个早上她听讲的事情差点儿让她倒下，之前她扶着墙回了房间吃了速效救心丸才硬撑住，她心口疼的毛病已经很久没犯过了。她盼着天黑，只要再过一个黑天，小伢们回了家就暂时安全了，他们就有机会把姓刘的送进大牢。

"万喜！"

是李淑娟的声音。

我奶奶吓了一跳，手一抖便花了一个字，我奶奶把那个字圈起来打上叉，架好毛笔，从厢房里走出来，正好跟李淑娟照了面。

我奶奶指了一下万喜的房间:“万喜在困觉。”

李淑娟怒气冲冲地推开房门:“昨晚做贼去了吗，连家也不回，大白天的睡个什么觉！”

万喜从床上惊坐起来:“你怎么来了？”

李淑娟上前在万喜后背上捶了两下，万喜疼得弓着背往床角躲。

李淑娟骂道:“你他妈的不回去以后都别回去了！”

万喜叫嚷道:“你再动手老子真不回去了！”

李淑娟愣了一下，气得扭头就要走，万喜又扑过去抱住李淑娟的腰:“我回，我现在就跟你回去。”

李淑娟冷笑一声，万喜穿好鞋子跟我奶奶打招呼:“老太太，我先走了。”

我奶奶点头，看着万喜的背影叹口气，陈伟站在自己房间门口睡眼蒙眬地对我奶奶说:“他今晚不来也不要紧，我还在。”

傍晚的时候，刘老师带着学生们回来了。陈伟把学生们拦在门口，问他们愿不愿意帮他做烤鸡，大家晚上可以一起吃。学生们自然高兴，放下画板就跟着陈伟去了烤鸡店，学生走后，我奶奶端出一盘烤鸡，让刘老师先吃。刘老师虽然教学生要尊老爱幼，但面对烤鸡他完全忘记了这回事，他没跟我奶奶说一句客气话，夹起鸡腿就吃了起来，我奶奶不以为意，又给他倒了杯米酒："甜的，好喝。"

刘老师笑着点点头，就着烤鸡喝着米酒，不一会儿便趴在了桌上，他不知道我奶奶在烤鸡和米酒里都下了药，之前我奶奶给闹病的大红吃的镇静药、安眠药还剩了些，这次派上了用场。

我奶奶一直不爱扔东西，就算是破烂得不行的东西她也要留着，别人劝她该扔的东西要扔，她总是说不知道什么时候又要用了呢，扔的时候当草，要用却找不到的时候就是宝咯。不用说，这一次之后，让她再扔些什么更是不可能的事情了。

趁学生们吃饭的时候，我奶奶和陈伟把刘老师扛进房间里反锁了，骗学生们刘老师喝醉了，学生们谁都没有多问，吃完饭洗了澡就睡下了。

夜终于深了，陈伟趴在刘老师的房间门口听了一会儿，问我奶奶："不会药死吧？"

我奶奶摇摇头："大红吃这么多睡一夜也就没得事情了。"

陈伟叹口气："真药死他，他也不冤。"

我奶奶瞪了陈伟一眼："那我冤死了，我才不想为了他坐牢。"

陈伟看了一眼黑漆漆的门外："万喜今晚不得回来了吧？"

我奶奶摇摇头："哪个晓得呢？"

话音刚落，万喜披着一身露水进了屋："夜里山路太难走了。"

陈伟笑了笑：“我以为你今晚不来了呢。”

万喜白了他一眼：“这一点儿良心我还是有的，都搞好了吗？”

我奶奶点点头，万喜松了一口气：“就等明天了。”

明天是留给尚未绝望的心的盒子，至于盒子里有什么，天知道吧。

3

第二天，一无所知的刘老师醒了过来，带着学生们坐上回城的早班车，他也以为自己醉了一夜，脸上还带着醒酒后羞愧的表情，难以想象一个能在夜里对孩子做出那样龌龊事的人，也会为醉酒羞愧。但我奶奶他们没有时间再去用言语评判他，他应该受到更大的惩罚。

我奶奶和陈伟、万喜搭了一个街坊的顺风车进了城，他们商量好了分头行动，陈伟和万喜去找学生家长，我奶奶要去刘老师的工作单位育丰小学找校长，最后在学校门口集合。

陈伟和万喜走在去找家长的路上，万喜有些摸不着头脑："你怎晓得学生们都住哪的？"

陈伟有些得意，晃着手中的地址纸条："做烤鸡的时候，用烤鸡换来的信息，告诉学生默写出父母姓名地址可以换一只烤鸡带回去孝敬父母，要是你，你不写？”

万喜想了想：“我可以写个假的。”

陈伟敲了一下万喜的脑袋：“就你坏呢！”

我奶奶拦了一辆三轮车坐到了育丰小学，她抬头看了看大门上竖着的几个金光闪闪的大字：“育丰小学”，确定没走错才掏出车费给三轮车夫。

车夫接过钱：“老太太，我可没骗你吧？你讲到哪，我就送你到哪。”

我奶奶跟他挥挥手往学校里走，快走到门口时，她还担心保安会不会拦住她，但没想到这学校门口的保安就跟旁边的石狮子一样，都是摆设。

我奶奶顺利地敲开了校长室的门，她把早先写好的举报信递给校长，校长把信拆开，看一眼，脸便拉长一截。校长看完了之后把信塞在了抽屉里，对我奶奶说：“大妈，您放心，这个事情我们调查清楚之后一定会严肃处理的，您写个地址在这里，处理完了，我们一定会把结果通知到您。”

校长把纸笔推到我奶奶面前。

我奶奶在纸上写下了自己的地址，想了想问道：“这个事情你们打算怎么处理，是要交给公安局吧？”

校长严肃地说：“具体怎么处理要经过我们学校调查和开会讨论，但一定会有一个结果的，请您放心。”

我奶奶摇摇头，点上一根烟抽了一口：“我放心不了，你这讲的都是空话，我听了跟没听一样，你们至少先把那个人开除了，不能让他再教小伢。”

校长拿起笔拍桌上：“你这个老太怎么这么说话，我说的哪一句是空话？你写的这个举报信内容真假我们都不知道，你现在就要我把人开除了？我们当然先要调查清楚了。”

我奶奶叼着烟仰起头：“你先去我们镇上调查一下我方老太，我这辈子么时候讲过谎话害人？你去我们街上随便拉一个人，问问他们我是个么样的人，你去问问就晓得我讲的真假了。”

我奶奶一边说着一边掸着掉在胸前的烟灰，校长摇摇头，招了招手请人把她“请”到了学校外面。我奶奶坐在学校门口角落里抽了半包烟，终于等回来了陈伟和万喜，不等两人开口说话，她已经猜到他们的成果也不怎么样。

陈伟说：“那些学生家长把我们当瘟神一样的，我想不通。”

万喜指了指自己的脸：“我倒霉，还被人抓了一下，这回去我怎么跟李淑娟讲？”

“一个愿意的都没得？”我奶奶问。

“一个都没得，他们讲如果要是他们伢被欺负了，肯定会跟他们讲，没讲就是没有，没有去问有没有对小伢反而不好，更不愿意跟我们去报案了。”陈伟懊丧地说。

万喜问：“你去找校长怎么讲？”

我奶奶起身拍拍屁股上的灰："先前没讲好，我带着你们再去一趟，有证人总中吧。"

这时学校里开出一辆桑塔纳，校长坐在车上绝尘而去。

我奶奶疑惑着："他是在躲我们吗？"

我奶奶他们第二次为了进育丰小学的大门，花了不少工夫。才隔了一天，门口的保安就变得非常尽职尽责，递过去一根烟，他眼皮都没抬。陈伟去旁边买了两包烟递过去，没想到根本贿赂不了他，陈伟想了想，买回来一条烟又试探着塞了给他，保安这下接过烟夹在胳膊底下也没说话，蹲下低头把鞋带拆开重新系好。陈伟机灵，赶紧拉着我奶奶和拄着双拐的万喜进了学校。

在校园院墙角落的一个花坛边，陈伟拆下他的假肢藏在花坛里，万喜递给他一根拐杖，两个人一人一拐走在校园里，加上我奶奶这个驼背老太，想不引人注目都难。这次要凸显"老弱病残"的特征是肖老头的主意，他说之前我奶奶一个老人被请出办公室容易，加上两个瘸腿的人，恐怕要难些。我奶奶和陈伟他们也打定了主意，总要有个说法才能走。

可以想象校长在办公室再见到我奶奶有多无奈，加上陈伟和万喜两人，校长的眉毛恨不得在额头上打了个死结。

校长叹口气："老太太，你昨天说的事情我们调查了，问了刘老师带出去的几个学生，大家都说刘老师没有对他们有不好的地方，你们还想怎么样呢？”

我奶奶说：“你在学校问小伢，小伢哪敢讲实话嘛？哪个学校的小伢不怕老师，何况是你校长？”

校长瞪着眼：“既然你晓得他们不会跟我说实话，你又来找我干吗呢？”

我奶奶摇摇头：“找你是让你们学校去公安局报案，我们跟这些学生没得关系，去报案也没得个身份。警察要是真不管，你们把他开除，离学生远一些也是一桩好事。”

我奶奶说完看了一眼陈伟和万喜：“就这么多吧，可还有别的？”

陈伟想了一下悄声说：“最好还能给那几个学生转学，这么一搞学校肯定有人会传闲话，怕他们受不了。”

万喜在一边点点头。

校长有些不耐烦地看着他们：“刘老师到底哪里得罪你们了，你们私下解决不行吗？你们再这样会影响我们学校的秩序和声誉，这个是我不能容忍的。”

我奶奶忽然用力拍了一下桌子，陈伟和万喜都吓了一跳，校长更是一哆嗦。

她怒骂道：“你把老子当么人了，当土匪啊？你是一校之长，读的书都读到狗肚子去了吗？”

校长急了：“你怎么骂人？！”

我奶奶抓起笔握在手里："我还准备打你呢，你喊警察来抓我吧！我跟你讲你今天把我赶出去，我明天就拿万人签名状来学校！"

两个保安站在门口犹豫要不要进来，我奶奶死死盯着校长的眼睛，气氛僵持了一会儿，校长摆摆手让保安走开。

校长说："这个事情不要怪我难相信，简直是匪夷所思，刘老师是……"

我奶奶愣了一下手一挥："等下，匪夷所思是么意思？"

陈伟和万喜拦住她挥起的手，校长接着说了下去："刘老师是我们学校众所周知的好老师，有耐心，也有热情，经常带学生回家'开小灶'……"

校长说到这里忽然愣了一下："带回家……"

校长想了想，拿起桌上的电话。

刘老师被抓起来了，尽管没有家长愿意带孩子出来做证，但警察在刘老师家搜到了许多小孩的裸体素描和照片，加上刘老师自己的口供，事情算是得到一个圆满的解决。至少我奶奶他们认为是这样。

然而事情并不圆满，刘老师被抓之后，爱心班也没有了，那些家庭困难的孩子想学画只有靠自学，不过跟风言风语比起来，这根本不算什么，爱心班的每个学生都遭遇到恶意的盘问和欺辱。这一切我奶奶都不知道，这个世界有她想不到的黑暗。

但好在有陈伟，他偷偷地拿出他妈妈留给他最后的积蓄，资助了几个孩子的转学，他希望他和万喜曾经遭受过的苦难，就到他们这为止。

“你不要哭，你又没有错，错的是别人，他们是坏人，但你要做个好人。”陈伟想不到自己有一天会把他一直希望有人对他说的话，对那些受欺负的孩子说了出来，说完了陈伟自己很想好好哭一场，可想不到在一边的万喜竟然先哭了出来。

老子和儿子

程和尚那天在方老太家打麻将赢了些小钱，正高高兴兴地往家走，忽然听到有人在背后叫着他的名字，他打着手电回头，见不着人影。程和尚对着黑夜里头骂了几句……

1

案报了，寻人启事也登了，人还是没找到。程二毛实在没有门道了，到了我奶奶家请万喜给他大大程和尚占了一卦，万喜把龟壳里的几枚铜钱倒在桌上扒拉扒拉，手朝东面一指，跟程二毛讲程和尚往东边山里走了。

程二毛看着说得斩钉截铁的万喜，嘴上道谢心里头却揣着疑惑，刚才他看万喜扒拉那几枚铜钱的样子跟小伢们搭麻麻锅（过家家）似的，要是这么能把老头子找回来真是见鬼了。虽然程二毛心里头觉得万喜信不得，却还是要听万喜的话去东边的山里找，屋前屋后还有街头上的人都看着呢，找不找得到都要去找一番。

程二毛喊了十几个人一起进山找了三天三夜，别说人了，鬼影子都没见到一个。十几个人的人工加吃喝，钱又花出去不少，挣钱那么难，花钱倒容易得很，他大大这一离家出走，程二毛连三块五的红梅香烟都抽不起了，换成了一块二的大江烟。

程二毛抽着辣嗓子的大江烟，心里对他大大不是没有怨气的。一个八九十岁的老头子，人没孬，家里也没吵嘴打架，好好的怎么招呼不打一声地就跑了？老都老了，还不安分。这一跑，好好一个家都炸了窝，真是一个豁老子（不着调的老人）。程二毛的儿子程国庆马上要中考了，还跟学校请了假，跟在程二毛的后头找爷爷，这塌下的课日后不晓得可不可能补得回来，重点高中还能不能考上都是问题。还有程二毛的老婆玉玲，她有腰疼的老毛病，这几天正犯病起不来床，丈夫和儿子都出去找人，她自己躺在床上连热水都喝不上一口。邻居方老太好心总来看她，但也不能时时照顾周全，有天她实在憋不住，起不了身，喊不来人，尿都屙床上了，被褥尿湿了，枕头哭湿了，心里憋着气想等程二毛回来骂几句撒气，可看见臊眉耷眼回来的程二毛又心疼了，把尿床的事情当笑话讲。程二毛嘴上笑话了几句，心里疼得要死，眼泪差点儿就流了出来，他捻着手上的烟头说："乖乖，这个烟也太呛人了。"

程二毛有时心想，他要是程和尚亲生的，恐怕还能埋怨几句他的不是，亲老子和亲儿子之间别说是数落埋怨，就算是打起来，外人也当是家务事，最多笑话两句不得了。但他是他妈带到程和尚家的，并不是亲生的，这时候他要是有一句埋怨，背后肯定会有人骂他忘恩负义、狼心狗肺。他挨骂没什么，他怕连累了自己儿子程国庆，程国庆小时候因为一次意外，少了一根小拇指，在学校总被人取笑，亏得国庆聪明伶俐学习好，老师们都挺喜欢他，他受欺负的时候还会替他撑腰，让他在学校的日子还不至于过不下去。要是程二毛背上忘恩负义的骂名，连累了程国庆，等于是拿刀子剐他身上的肉。程二毛心想，不晓得程和尚对他可有过剐肉的心疼。不是亲生的，恐怕没有过吧，想到这里程二毛心里有些难过。

程二毛从山里头风尘仆仆地回家就倒下了，躺在床上发着高烧，浑身浮肿。玉玲也还躺着，就剩程国庆一个小伢在家学着烧水煮饭伺候着。街坊邻居心疼他们一家，端着热茶烫饭上门去看望，有邻居劝程二毛算了别找了，天下这么大，找个人太难了，别把自己的命搭里头，尽力了就够了，程和尚都 80 多岁了，就算死了也是个喜丧。程二毛听见这些话，心里头一惊，他找了他大大这么久，从来没敢想过他大大死在外头这个可能性，他一直的怨气是认定自己在吃苦受罪的找人，程和尚在外头逍遥快活，就像他年轻时候那样，想到程和尚可能会死在外头，程二毛忽然记起了程和尚许多的好来。

程二毛跟着他妈翠莲刚到程家的第一年，他还没有板凳高，那时他还叫黄二毛。对门的丁胜高他半个头，见着他就打，程和尚看见了把丁胜呵斥了一顿，把哇哇哭的他抱回家，后来还教他摔跤的一招一式，虽然用摔跤的招式他一直没打赢过，但小二毛晓得了他被欺负的时候有人会帮他。

程二毛上小学的时候也是程和尚送他去的学校，老师登记姓名的时候，说二毛当学名不好，程和尚借了老师的字典翻了半天，给他取了一个学名程远翔，让他有远大志向展翅翱翔。程和尚当年认真的样子让程二毛一直很感动，从学校回来之后，程二毛第一次叫了程和尚一声大。

再后来程二毛初中毕了业，想学门手艺。程和尚也是费了心思，送程二毛去最好的木匠那里学了五年徒，一般人都学三年，程和尚让程二毛多学两年，让他把手艺学精学好，他不在乎多养程二毛两年。这些好程二毛都记得。

程和尚也不是完人，当然有不好的地方，程二毛心里也记着一件，但这时候他不想去想，人还不晓得能不能找得回来，先念着好吧。

邻居们没想到原本想安慰程二毛的话反而惊到了他，只见程二毛猛地从床上坐起来，灌了一缸子邻居送来的热茶，哆哆嗦嗦地捂住被子说："我还要去找，不能让我大大死在外头，活……要见人，死……要见尸。"邻居不好再劝，只得让他多顾及身体，感叹着程和尚这个儿子到底没白养。

程二毛身体刚好，就把玉玲送回了娘家，让程国庆回学校好好上课，他要再去远一些的城市找找。程国庆半个多月没去学校，心里原本慌得很，想回学校上课，但看着他爸程二毛头发都快白了，心里更慌，怕爷爷没了，爸也没了。于是他咬了牙跟程二毛说："今年考不好，我明年复读一年肯定能考上，要是爷爷找不回来，我怕你也回不来，我要跟你一起去找。"

程二毛摸着程国庆的头叹口气："我这个儿子也没白养。"

2

程和尚是农历三月十一离开的家，现在已经四月初二了，北方的日头也暖起来了。程和尚坐在路边脱下一件毛衣塞进他的黑色皮革挎包里，这毛衣是儿媳妇玉玲给他打的，可不能搞丢了，丢了少不了要被念叨好几天。

程和尚装好衣服，戴好老花镜，从口袋里掏出地图铺展开，手指划过他离家之后走过的路，竟然有 1000 多公里了，程和尚不由得赞叹了一声：“乖乖隆地咚！要是全部搭车走，这么多天不是要走到外国去了？”

程和尚心满意足地收起地图，从包里翻出一包饼干吃了起来，饼干渣掉在他胸前的衣服上，程和尚用手指一点儿一点儿地把饼干渣捻起来放进嘴里。一个光头男人远远站在一边看着程和尚，试探着靠近，程和尚瞥见了光头，警觉地挪了挪身子，光头笑了一下，大步朝程和尚走过来：“大爷您别害怕，我不是坏人。”

程和尚起身拍拍屁股上的灰，把包背在肩膀上，饼干揣进口袋里，上下打量了光头一眼说：“坏人脸上又没写字，我光看你一眼哪晓得你是不是坏人？”

光头摸了摸自己的脑袋，笑着说：“大爷，您说得对，坏人脸上不写字儿，您这思维很清晰啊，我一开始还以为您……”

程和尚瞪了光头一眼：“以为我老糊涂了？”

光头笑着点头：“对，我以为您是走丢了，我想帮帮您来着。”

程和尚从口袋里掏出地图在光头眼前抖了一下：“我有地图，怎么会走丢？开玩笑！”

光头凑近看了一眼：“您这是全国地图，在这城里走也不好使啊。”

程和尚哼了一声，从另一个口袋里掏出一沓地图：“城市地图谁没有？我到哪儿就先买一张地图。”

光头乐了：“大爷您真厉害，我是多余担心了。”

程和尚喘口气又坐下了：“那是。”

程和尚又掏出饼干吃起来，光头也在程和尚身边坐下，饶有兴趣地看着程和尚吃饼干，这时马路对过有人朝这边喊着：“老板，你生意还做不做了？”

光头像想起什么似的站起来朝对面喊了一句：“做！做！马上就来。”

光头回身对程和尚说："大爷，我姓王，我的'王记羊汤店'就在对面，您要想喝羊汤过去找我，我请您喝一碗。"

程和尚摇摇头："我喝不惯羊汤，膻得很。"

光头边走边回头说："我的羊汤可一点儿都不膻。"

程和尚吃着饼干，看着光头的背影，本来吃得好好的饼干，忽然就有些噎人了。程和尚拍了拍胸脯顺了口气，都怪那个王光头说什么羊汤，他活了这么多年还没喝过羊汤呢，他说喝不惯是骗人的。南方都是山羊，羊肉都是带皮红烧，没人拿来炖汤，他年轻时也走南闯北的，但那时穷，荤腥难见着，羊汤也没机会喝一口，这有人要请客，不喝有点儿对不起自己。

程和尚收拾好挎包背着过了马路，走到羊汤店门口，光头正端着两碗羊汤招呼客人。光头看见程和尚，点点头像老熟人一样打着招呼："来啦？"

程和尚也没客气，找一个角落的位置坐下来，光头端了一碗羊汤放在他面前，程和尚喝了一口吧唧了一下嘴，脸上刚溢出笑意，看见光头在瞟他又收起笑容，怕被瞧出他没喝过羊汤的破绽。

"我的羊汤不膻吧？"光头问。

"不错。"程和尚想了一下，慎重地点点头，像是经过跟回忆中的味道比对之后才确定了答案。

光头看了一眼店里不忙，扯了把椅子在程和尚旁边坐下来。

"大爷，您这出来是寻人啊还是干啥啊？"光头问道。

"我？我是来旅游的。"

"旅游？不像啊。"

程和尚放下汤碗，瞟了一眼光头的吧台："我要买瓶白酒，哪个便宜？"

光头看程和尚不答话，也没多问，站起来拿了瓶二锅头递给程和尚："这个我也请你了。"

程和尚拧开瓶盖，不等光头拿杯子，对着酒瓶就喝了一口。

"哈！"程和尚哈了口酒气，笑眯眯地示意光头坐下。

程和尚："不诓你了，我确实是来找个人。"

光头得意地靠在椅背上朝自己竖着大拇指："瞧，咱还是有点儿眼力的吧，您要找谁，跟我说说，我给您打听打听比您一个人找肯定快一点儿。"

程和尚摆摆手："你们年轻人忙你们年轻人的事情，人我自己能找，不耽误你们。"

程和尚拿起桌上的酒，紧了紧瓶盖塞进包里，四处看了一眼，背过身朝着墙壁拉开了裤子拉链，光头见状拉住程和尚的胳膊："大爷，您要想方便的话里面有厕所。"

程和尚摇摇头，从裤衩里拽出一根棉绳绑着的布荷包，从荷包里掏出十块钱放在桌上，又把荷包塞了回去。

"够不够酒钱？"程和尚问。

光头笑了笑把钱塞在程和尚手里："说了酒也是我请您，我就是好奇啊，大爷，您把钱放在那儿不嫌有味儿啊？”

程和尚龇了一下豁牙笑了一下：“总比丢了好。”

程和尚站起身对光头抱了抱拳：“小伙子，谢谢了。”

光头拉住程和尚：“大爷，您要走啊？”

程和尚看着光头拉着自己胳膊的手：“怎还不让走？”

光头松了手：“没不让您走，就是您看咱们也唠了不少了，我还不知道您叫什么，从哪儿来，想找谁，您跟我说说，说不定能帮上您呢。”

程和尚：“和尚。”

光头“啊”了一声没听明白。

程和尚叹口气：“别人都叫我和尚，程和尚，找人我不用麻烦你，我自己已经找到了。”

“那您找着人了咋还在马路边坐着呀，您打算上哪儿啊？”光头追问道。

“小伙子，我晓得你是好心，但你忙你的事情吧，我就想一个人在城里头转转，有困难，我就找警察，不用替我操心。”

“行，大爷，我就不留您了。”光头从旁边的食品柜里拿出一包配羊汤的烧饼塞到程和尚的包里。

“路上吃。”光头说。

程和尚再次抱了抱拳：“生意兴隆。”

程和尚出了“王记羊汤店”走到一个路口，再次摊开地图，辨了一下方向，朝南边走去。走了约莫半个小时，越走越荒凉，只见远处有一排破旧的平房，平房旁边就是堆了半人高的瓦砾堆，脚下的路也越来越窄，野草借着春风侵占了原本宽阔的路面，只留下一条羊肠小道。程和尚停下脚步瞄了眼天光，掏出怀表看了下时间，继续朝前走去。

夜里九点多，马路上已经冷清了，昏黄的路灯都躲在杨树底下偷懒，不肯照亮人间。

王光头把羊汤店的卷闸门拉下一半，回到桌边坐下，一手捧着一本掉了页的武侠小说，一手捻着颗油炸花生米，桌上放着一杯白酒。他把花生米丢进嘴里，翻上一页书，再端起酒抿上一口，看见侠客行侠仗义行走人间，他自己一个人乐得嘿嘿笑起来。

一阵风吹过，卷闸门被吹得哗哗直响，王光头抬眼一看，两只脚立在卷闸门下，王光头走过去拉起卷闸门，程和尚站在门口。王光头有些意外，但是很高兴，独饮高兴，能对饮更高兴。

“有酒吗？”程和尚问。他看起来比白天憔悴许多，原本灰白的头发上又蓬着一层青灰，脸上的皱纹里也卡着灰。

“当然有酒。”

王光头把程和尚让进来，又给他端来一盆热水。程和尚在一边洗脸的工夫，王光头切了满满一盘羊肉端上桌。

夜更静了，一老一少坐在一起喝酒吃肉，竟一时无话。

“小王，你是本地人？”程和尚竟然先开了口。

王光头点点头：“嗯，本地人，父母退休了，喜欢旅游，总在到处跑，我对象在外地念书，我呢，就一个人守着这个小店等他们回来。”

程和尚笑了一下：“你是个好小伢。”

王光头看着程和尚：“到你了。”

程和尚夹起一块羊肉在嘴里嚼了很久，王光头也不着急，自顾自地吃菜喝酒，程和尚吞下肉，抹了抹嘴，抿了一口酒，才缓缓说道：“我那天做了一个梦，梦里的人喊我名字，我一想很多年没见过他了，我就来了，看看他。”

王光头点点头没有说话，听程和尚说起他做梦那个晚上的故事。

程和尚那天在我奶奶家打麻将赢了些小钱，正高高兴兴地往家走，忽然听到有人在背后叫着他的名字，“和尚，程和尚”，他打着手电回头，见不着人影。程和尚以为是裁缝铺的肖老头在作弄他，肖老头平日里就有些老不正经，有事没事就爱开玩笑，于是程和尚对着黑夜里头骂了几句便回家了。到家他烫了个脚就躺上床，不一会儿就开始做梦，梦里是无边无际的战场，程和尚是上过战场，但也没见过那么大的场面。

“您还打过仗呢？”

王光头插了一句嘴，程和尚点点头，接着往下说。

梦里的程和尚断了条腿躺在尸体堆里望着蓝天，那个天蓝得哟，不晓得有多蓝，无论在梦中还是现实中，程和尚都形容不出那种蓝，程和尚就那么看着蓝天，忽然蓝天掉下一个声音在喊程和尚的名字，那个声音真的像是从天上掉下来砸到程和尚身上一样的，因为每喊一声程和尚身上就痛一下，程和尚就这么痛醒了。他在黑夜里头坐起来，搓着梦里被砸痛的腰，他很笃定梦里的声音是他战友老胡的，他打了个冷战，想起了很多事情，之后一夜都没再睡着。

程和尚想起老胡的第一件事是有一次扎营，他和老胡到河边洗澡，他还没脱完衣服，老胡已经下了河，等他走到水边的时候，看见老胡在水里跟发了疯一样晃动着身体呜哇乱叫。他冲到老胡身边仔细一看，老胡的肩膀上爬着一只巨大的吸满了血的蚂蟥，程和尚根本不敢用手去碰蚂蟥，只好手忙脚乱地先把老胡拖上了岸，再飞奔回营里拿来盐巴往老胡肩膀上撒，终于把蚂蟥从老胡身上弄了下来。他做这些的时候忘了自己一直是光着身子的，老胡从被蚂蟥控制的惊恐中缓过来时，指着程和尚的胯下说了一句：“你狗日的吓得卵都缩进去了吗？”

这句话让当年的程和尚暴跳如雷，他好心救了老胡，老胡反过来还笑话他。他把老胡按在地上狠狠揍了一顿，这之后，老胡少了一颗牙，程和尚身上背了一个处分，两个人怄了一天气就和好了，一颗牙一个处分这些得失跟战场上过命的交情一比就算不得什么了。

都说大难不死，必有后福，可从战场上活下来，未必是有福的人。程和尚和老胡都怕打仗，打日本人那是没办法，为家为国都得打，打走日本人之后，他们的国字头要打共字头，程和尚有些怕了，自己人怎么能打自己人？保不齐自己一发子弹射出去杀的还是自己的血亲，那时候家家户户谁没几个弟兄在当兵打仗？程和尚越想越怕，琢磨着什么时候能跑就跑了，正琢磨的时候发现老胡也有同样的心思，于是两个人结伴当了逃兵，当了逃兵不敢回乡，怕连累家里人，两个人不知去处也没有退路，只得一路讨饭卖苦力，也偷过人家晒在墙头的萝卜干和苞谷。街上抓壮丁的风声紧了，他们就往山里扎，山里没什么吃的，野兔子跑得飞快根本抓不到，碰到野猪跑都跑不及，偶尔抓几只雀子鸟儿，拔了毛掏了肚子去掉骨头也仅够一顿吃，大部分时间都靠野果度日，两个人的胃里时常泛着酸水，吐口唾沫都能当醋用，在这种生不如死的日子里，两个人靠着一句“好死不如赖活着”也撑了下来。

两个人跑了半年多，迂迂回回跑出了1000多里地，一个下雪天，两个人躲在一个塌了半面墙的破庙里，心底隐隐约约觉得可能跑不下去了，这冰天雪地往哪儿跑，跑到哪儿才是个头呢？可到底是天无绝人之路，程和尚看着庙里一个缺了脑袋的泥菩萨像，忽然想起他妈跟他讲过他大大在他小时候跑去宁国山里的一个庙里出家当了和尚，这件事旁人都不晓得，团里更不知道这一层关系，所以现在去找他大是最保险的一条路。他大就算不顾及骨肉情，也该有佛门慈悲心，总不至于将两个人赶走，而且现在这个地界离宁国山已经不远，下雪的山路难走些，但终于不是无路可走。想到这里，程和尚把靠在墙角奄奄一息的老胡叫醒，掏出仅剩的两个馒头，掰成八瓣，留下六瓣，剩下两瓣馒头两个大男人塞牙缝都不够，但程和尚有办法，他抠了几块墙上的土塞进馒头块里囫囵吞下去，再吃几口雪，这样一瓣馒头加黄土能抵住小半天饿。

王光头听得嘴巴张得老大：“啊？吃黄土，黄土能吃吗？那玩意儿吃了能消化吗？”

程和尚颇有些不以为然：“土墙都是用黄土稻草米汤夯成的，吃是吃不死人的，至于后面能不能拉出来，那时候哪顾得上想呢？”

“真是吃了不少苦啊，”王光头感叹着，“您接着说。”

程和尚端起酒杯，酒杯已经空了，王光头起身要拿新酒，程和尚按住他的手。

“累了，明朝再讲吧，”程和尚站起身背起包，“今晚的酒钱，我日后给你。”

王光头摆摆手：“故事换酒，啥时候都有，不光是酒，您在我这儿住下都行，我里面有两间屋呢。”

程和尚朝里面看了一眼，放下包：“那我就不客气了。”

3

程二毛当着围观的百八十号人抱着程国庆哭出了声，他是出来找他大大的，大大没找到，儿子差点丢了，谁能想到只是过个街贴寻人启事的工夫，程国庆这么大一个伢了还能被两个男人抱走，要不是他糨糊不够了，回头喊程国庆的时候发现，可能程国庆就再也找不回来了。

“不找了，不找了，家去，我们家去。”程二毛擦干泪，把程国庆的手攥得紧紧的朝火车站走去。

就算没有程国庆差点被拐这事，程二毛也快找不动了。这些天他们把邻近的城市都跑了一遍，再找下去，玉玲的药费和程国庆明年复读的学费都要拿不出来了，现在他只能盼着他大大福大命大在外有贵人相助了，至于他自己，真的尽力了。

程二毛在回家的路上一直在观察程国庆。他决定不找了的时候，没有和程国庆商量，他怕程国庆心里有什么意见，有些小伢只是看上去小，心里的门道多得很，程国庆就是这样的小伢，程二毛曾经也是这样的小伢。

程二毛还记得他念初三那年，只比现在的程国庆大一岁，心里也藏着许多门道，那时的他知道家里没什么条件供他继续读书，于是主动提出等初中毕业就出来学手艺早日养家，程和尚没有反对。程二毛拿到毕业证那天，想跟程和尚说他想学程和尚的手艺，但一进家门却发现镇子上最好的木匠坐在堂屋上座，手边摆着两瓶好酒，还有一包茶叶，程二毛就知道他以后要当个木匠了。程和尚的手艺到底没打算传给他，程二毛心里委屈却一句话也没有多说，老老实实地给师父磕了三个响头，敬了杯茶，之后便背着刨刀开始学着刨木头。五年工夫里，松树槐树红木黄花梨，各种木头他刨了个遍，一开始他站在木屑花里就打喷嚏流眼泪，身上还起红疹子，时间久了，身体竟然也适应了，甚至比心理适应得还要快些。

程二毛的妈平日里喜欢玩几手花牌，程和尚出去做活几天不在家，那几天程二毛连口热饭都吃不上。等程和尚回来，热饭有的吃了，可程和尚总要把程二毛的师父请回家喝酒，两个人来回几句话都在聊程二毛有什么长进，夸奖的话程二毛听了心虚，他晓得他不算师父最好的徒弟，那些夸奖他担不起；批评的话程二毛听了又委屈，当木匠不是他自己情愿选的，还要他做到什么程度呢？每到这时候，热饭吃到心里也凉了，程二毛总在想，如果自己是程和尚的亲儿子，一切会是哪样呢？

程二毛知道程和尚有过亲儿子，那个可怜孩子在他母亲难产去世之后在世上只活了三天，他对这人世间一无所知，但对程和尚一切肯定是不一样的。所有的这些都是程二毛自己心里想的门道道，他没跟旁人讲过，心里的话只能讲给最亲的人听，在没有程国庆之前，他跟哪个都不亲，他把所有的爱都给了程国庆，他知道程国庆是自己的亲儿子，他也要让程国庆知道。

程二毛把积攒了几十年的心里话，在程国庆三岁之前都跟他说完了，程二毛的心在那时候就跟程国庆融为一体了。程国庆慢慢长大，程二毛感觉自己随着程国庆一起又活了一遍，他是程国庆的亲爸，也像是自己的亲爸。

程二毛领着程国庆回了家，走在街上谁见了都要心疼地啧啧几下。

“吃了不少苦哟，人都瘦没了。”

程二毛听了只得赔着苦笑，等把形销骨立的玉玲从娘家接回来，一家三口得到了更多的同情。

“都怪你那个糊涂老子哦，把一家人折腾成什么样子了，唉！”

程二毛不敢附和，陪着叹了口气回了家。

到了家一看，灶台上冷冷清清蒙着一层灰，旁边的木桶干裂了缝。程二毛想哭，他蹲下捂住脸呜咽了两声，松开手，手里还是干的，哭不出来也没必要再使劲哭了。他拿起开裂的木桶走到门口，敲敲打打几下就箍好了，已经和原来差不多一样了，箍完了桶程二毛忽然有了些信心，好像接下来的日子只要他敲打敲打，也能恢复原样。

程国庆在学校的摸底考试成绩给了程二毛更多的信心，缺了快一个月的课，程国庆还能排进年级前十名，以这个成绩，再加把劲，进城里的重点中学一点儿问题都没有。程二毛高兴极了，甚至去街上的蛋糕店订了一个程国庆最喜欢的奶油蛋糕，准备给程国庆加油鼓一下劲，想到程和尚还下落不明，这时候订蛋糕总归容易惹人讲闲话，于是就把蛋糕订单延期到了中考之后的日子，他再想些别的法子给程国庆鼓劲就是了。

日子要过下去，总是会有办法的。

4

程和尚在“王记羊汤店”住了三天，每天都是天蒙蒙亮的时候出门，一直到黑天了才裹着一层灰回来，王光头总是准备好酒和肉等着他，但程和尚每天回来都累极了，一块肉在嘴里嚼着嚼着就眯着了，王光头不知道程和尚每个白天是怎么过的，好奇却总来不及问。

这天晚上，程和尚从外面回来时精神明显好了些，王光头给他端了盆热水过来，程和尚洗了脸，盆里的水都浑了。

“老爷子，您这一天天地往外跑都是去干啥了？这么多灰呢！”

程和尚摆摆手：“先喝酒吧。”

酒菜上桌，程和尚的手在口袋里掏了掏又拿了出来。

“找啥呢，啥丢了吗？”王光头问。

程和尚摇摇头，眼神有些迷茫，表情也悲伤起来，愣愣地坐在那里像丢了魂似的。

王光头看着反常的程和尚，有些慌张：“老爷子，您还没跟我说您和老胡到宁国山找到你爸了吗？”王光头试探地问了一句，不知道能不能让程和尚的魂回来。

“宁国山？哦，我大大，找到了，肯定找到了，要不我怎当的和尚呢？”程和尚缓过神来，夹了一块羊肉放进嘴里，闭着眼微微仰着头缓缓咀嚼着。

“那您接着说？”王光头稍微松了口气。

程和尚吞下嘴里的肉叹了口气：“肉是真好吃啊，包着黄土的馒头是真没办法吃。”

包着黄土的馒头再难吃还是得吃，这是救命的东西。程和尚和老胡靠着八瓣包着黄土的馒头和两只路边冻死的雀子果腹，走了整整两天，才走到宁国山，而宁国山的庙门开在哪边，程和尚和老胡都不晓得，多亏了是雪天，程和尚和老胡顺着雪地里一串脚印摸到了庙门口。

开门的是一个老和尚本明，看年纪能当程和尚的爷爷。程和尚报出了他母亲的名字，此时他耗尽了所有体力，和老胡双双倒在庙门口。醒来已经是第二天，庙里还是只有本明一个人，程和尚见老和尚并没有要赶他和老胡的意思，寻他大大的话也没有说出来。

“不是说找到你爸……你大大了吗？”王光头听说庙里只有老和尚一人，有些诧异。

“有么分别呢？本明也给了我一条命，我当他是大大有么不一样的呢？”

王光头的诧异没有持续太久，和程和尚碰了一下酒杯问道：“那后来你和老胡都当了和尚？”

程和尚摇头：“在庙里住了一段时间之后，好像到处都消停了，老胡想老娘想得不中了，还是往老家跑了，我胆子小，不敢跑，就在庙里当了几年和尚。”

“我们这儿就是老胡的老家？”王光头问。

程和尚点了点头。

“大爷，我敬您，您是真仗义，当年救了老胡的命，这么多年还来找他。”王光头双手举杯敬酒，说得特别真诚。

程和尚没有端酒杯，一脸疑惑：“我没跟你讲过是老胡救了我的命？在打仗的时候，他是个伙夫嘛，背着锅，看我躺地上不动，以为我受了伤，就拿锅给我罩住了，子弹就擦着铁锅飞哦，害怕死人咯，其实我是害怕得走不动瘫倒了，那是我第一回上战场，怕，现在想都怕。”

程和尚说完才端起酒杯，手有些微微发抖。

“真是过命的交情。”

“是咧。”

第二天一早，王光头起床买菜，发现程和尚不见了，晚上给他准备的热水烧了又烧，最后凉透了，程和尚也没有回来。王光头心里有隐约的担心，接下来的几天，王光头出去买菜的时候会顺路买几份报纸，各个边边角角的启事一条没放过，没看见什么寻人或认尸启事，王光头想“没有消息就是好消息”。然而这句话的安慰不够持久，王光头拿着报纸发了会儿呆，决定自己先登一个找程和尚的启事：

王记羊汤店寻程和尚

王光头登的启事就这几个字，程和尚看见就会知道是王光头在找他，字多了也只是浪费钱。王光头并不心疼钱，只是钱要花在该花的地方，他打算如果再见到程和尚，不管程和尚怎么推辞，他都要陪着程和尚把事情办完，送程和尚回家。

王光头觉得自己有这个责任，从程和尚走进“王记羊汤店”那一刻就开始了。

启事在报纸上连登了一个礼拜，程和尚并没有出现。王光头这一早又去了趟报社，续登了一礼拜的启事，从报社回来，他发现自己的店门口蹲着一个人，走近一瞧并不是程和尚，而是一个背着双肩包的年轻人。王光头走过去拉开卷闸门，年轻人站起来，两个人互相打量着。

“来喝汤的吗？今天的还没熬好，可能要等一等了。”王光头先开了口。

年轻人笑了一下：“请问程和尚找到了吗？”

王光头一愣：“你认识他，是他家里人吗？”

年轻人摇摇头：“前些日子我见过他，还一起吃了顿饭，我看到启事有人在找他，顺路过来看看有没有找到。”

王光头把年轻人请进店里。

“你怎么找到这儿的，这城里应该不只我一家‘王记羊汤店’吧？”王光头有些好奇。

“你在报社登记了地址啊，过去问一下就能知道。”年轻人一边说着一边把背包从肩膀上卸下来放在椅子上。

“你叫什么名字？”

“韩风，风雨的风。”

王光头看着韩风衣服上被双肩包肩带压出的褶皱和汗渍，就知道他肯定走了不少路，王光头给他拿了一瓶汽水：“只是顺路过来的？不像啊，跟哥说实话。”

韩风笑了一下：“真的就是顺路。”

王光头给韩风端了一碗羊汤：“你看上去还在读大学吧，是在哪儿遇见程和尚的？”

韩风几口就喝完了汤，然后抹抹嘴说道：“就在大街上。”

王光头好奇地问了一句程和尚是不是在街上找人，韩风却说不清楚，韩风见到程和尚应该比王光头要早一天，韩风晚上从网吧打完游戏出来，看见程和尚蹲在路边，一脸疲惫的样子。韩风主动问程和尚需不需要帮忙，程和尚大概看韩风一个学生样，没有像见到王光头时的警惕心，程和尚问韩风哪有便宜的小旅社，韩风带他去找了一个旅社，然后还一起吃了碗面。

王光头："他没说其他的？"

韩风摇摇头："没有，吃面的时候闲聊了几句，才知道他叫什么。哦，他好像说他在找石头。"

王光头搓了搓自己的光头脑袋："找石头？他跟我说是在找人呢。"

"也许是在找一个叫石头的人？"

王光头摇摇头："他找的人叫老胡。"

说着王光头把他跟程和尚的相识经过也告诉了韩风。

"这还挺神奇的，我俩因为一个陌生人坐在这聊了半天。"韩风感叹道。

"可不。"

这时店里陆续来了客人，王光头开始忙活生意，韩风把钱放在桌上："我先走啦，以后再来喝你的羊汤。"

"哎！汤是请你的！"王光头放下手里的活计拿着钱追出去，韩风已经走远了。

"到底是小伙子，脚力真好。"

王光头这时才想起来还没问韩风是哪个大学的学生。

“一定再来啊！”

王光头朝韩风的背影喊了一声，也不知道他有没有听见。

到了下午，王光头的店门口来了几个扛着摄像机、三脚架的人，王光头好奇地走出去，跟一个急匆匆进门的短发姑娘撞了一个满怀，各自“哎呀”一声退了一步。王光头还没来得及道歉，就看见短发姑娘两眼放光地看着自己。“您是王老板吧？我是下沙市电视台《生活百味》栏目组记者谷里，不知道您有没有时间接受我们的采访？”短发姑娘自我介绍道。

王光头习惯性地又搓了搓自己的光头，他有些纳闷儿：“《生活百味》，做美食介绍的呀？哎呀，我家羊汤好喝得真的能上电视了？”

谷里朝身后招招手，摄像大哥灯光小哥都扛着器材进了店，谷里一边检查麦克风一边跟王光头闲聊：“您没看过我们节目啊？我们节目收视率挺高的呀。”

王光头笑了：“你们节目收视率高不高我不知道，我这儿没电视是真的。”

谷里打量了一下王光头的小店，四周果然都没看见电视，只有吧台上放着一个小收音机和几本翻烂了的武侠小说。

“您还真不看电视啊？那我跟您介绍一下我们栏目吧。”

谷里趁着摄像大哥他们装器材的时候给王光头介绍了一下《生活百味》栏目，王光头才明白这个栏目不是做美食的，主要是帮助人们解决生活中的各种困难。

“你们就是电视雷锋呗？”王光头总结道。

谷里眼珠转了一下点点头：“也可以这么说。”

“那你们来找我干啥？我没啥困难呐。”王光头不解。

谷里说：“我们接到热心观众提供的线索，说您正在找一位抗日英雄，我们想帮助您寻找，所以来采访您。”

谷里的话都说得客客气气的，又是小姑娘，让王光头很难开口拒绝，但上电视这件事王光头心里是抗拒的。

王光头试探着问：“你们电视台观众多，帮着找人肯定快些，但我能不露脸吗？”

谷里好奇地问道：“为什么呀，您在做好人好事，露脸怕什么？到时候我再让摄像大哥给您店招牌拍一拍，还能给您的店打广告呢。”

王光头摆摆手：“不用不用，我店太小，前后也就我一个人，生意太好我忙不过来，再说也坐不下呀，不打广告，不打广告，我就是担心他，找到他然后给送回家。”

谷里看了一眼摄像大哥和灯光小哥，摄像大哥比了一个OK的手势，灯光小哥也点点头表示准备好了。

谷里说：“我们尊重您的意愿，那我们就开始拍了，到时候会给您的面部打上马赛克，您看行吗？”

王光头松口气：“行！”

王光头坐在椅子上端正了一下姿势，谷里刚举起麦克风，进来一个络腮胡客人打断了采访。

络腮胡：“老板，来碗羊汤，再切一盘羊杂。”

王光头条件反射地站起来招呼着：“哎，好咧，马上就来。”

谷里放下麦克风，无奈地跟摄像大哥对视一眼，王光头见状赶紧解释：“对不住啊，我这是条件反射了。”

王光头给络腮胡上完羊汤和羊杂，又白送一盘花生米，跟络腮胡解释道：“我这儿有个采访，得跟您先结账，然后您慢慢吃着行吗？”

络腮胡有些不情愿地把钱拍在桌上，王光头刚坐回椅子上准备接受采访，又有客人进门，王光头再次条件反射了。

谷里有些无奈：“我们等您忙完了换个地方再采访吧？”

王光头歉意地笑笑，给客人盛汤切菜，终于让每个人吃上喝上了，坐下来等谷里开始采访，谷里正跟摄像大哥商量着什么。

谷里回过头：“我们就这么采访吧，有这些客人在更有真实感。”

王光头很配合地点点头，客人们吃着王光头送的花生米也很配合，喝汤的时候尽量不发出声音，从没这么斯文过。络腮胡一早吃完了，在一边剔着牙看热闹。

王光头在谷里的引导下，对着摄像机说了自己和程和尚的相识经过，以及自己想送程和尚回家的愿望，他有些紧张，声音都有些飘，但总算顺利地把他要说的说完了。

谷里问：“您有老爷子的照片吗？”

王光头搓了搓脑袋：“刚认识几天哪有照片呀。”

谷里：“那请您描述一下老爷子的长相特征吧，这样观众们看了节目也好留意呀。”

王光头想了想：“80多岁的年纪，有些白头发，眉毛有些长，大概一米七六？我一米八，他比我矮一些嘛。左脸有一个比较大的老年斑，穿深蓝色中山装，大概就是这样。”

谷里点点头，走到摄像机边看回放，王光头转身跟客人们点头打招呼，这时络腮胡从口袋里掏出一张纸，折了一半递到王光头眼前。

“你看看是不是这个人？”络腮胡说。

王光头仔细一看，纸上印着的照片里的人正是程和尚。

“就是他！你是程和尚的家里人？这也太巧了。”王光头有些激动。

谷里见状招呼摄像大哥赶紧来拍，络腮胡却在这时候把纸揣回口袋。

“你怎么不让他们拍？电视台找人可快呢。”王光头有些纳闷。

络腮胡摆摆手：“我也不是他家里人，我在上沙市看到这个寻人启事，提供线索 1000 块，找到人给 5000，这可是我致富的机会，哪能白给你们拍？”

谷里瞪圆了眼：“那你的意思是？”

没等络腮胡多说，王光头从口袋里掏出刚才络腮胡给的饭钱，又加了 100 递给络腮胡：“你看这样行吗？”

络腮胡剔着牙冷笑了一下：“刚才对着镜头说得情真意切的，你的心意就值这么点儿？”

谷里的脸憋得通红，刚想替王光头说话，王光头拦住谷里，把口袋里的钱通通掏出来递给络腮胡说道：“我现在就这么多了，你要愿意拿着你拿着，你要不拿，我们去一趟上沙应该也能找到剩下的寻人启事，人家家里人找人不会只贴一张，你也不可能把所有的都撕下来吧？”

络腮胡想了想，撇着嘴把钱装进口袋，把寻人启事掏出来丢在桌上，推开门扬长而去。

谷里愤愤地说：“真想不到还有这种人。”

王光头笑了笑，捡起寻人启事说：“别动气，不值当，他也许也有难处。”

谷里叹口气：“你人也太好了，真是大好人。”

王光头搓了搓脑袋没接话，把寻人启事递过去让摄像大哥拍了个仔细。

节目播出那天，王光头犹豫着晚上是到隔壁邻居家去看一眼节目，还是去买台电视回来，王光头想起谷里得知他不看电视时诧异的眼光，决定还是买一台电视回来，他骑着店里买菜的三轮车去了二手市场拖了一台 21 寸的旧彩电回来了，他不怎么爱看电视，买新的也是浪费。

晚上《生活百味》节目播出了，王光头确认了一下节目里真没拍到自己的脸，想着谷里说话还算话，就关了电视，又就着杯酒翻起了武侠小说。

5

程二毛走进程和尚家的院子，拔起了院子里的杂草，心里五味杂陈，他想要是程和尚跟自己一起住的话，可能就不会下落不明了。程和尚去年摔了一跤，腿摔坏了在床上躺了两个月，他给程和尚送了两个月的饭，想想真后悔，那时候就应该把程和尚接到自己家一起住的，两家不到 50 米的距离，总觉得离得近没什么事，但现在想来总归不是一个屋檐下进出，不能时时招呼着。

越后悔越难过，越难过想得越多，程二毛现在的心事比院子里的杂草还要多。本以为程国庆考好了，玉玲身体也好转了，他心里会舒坦些。但他生活越平稳，心里越动荡，他渐渐开始明白过来，从一开始他就低估了他对程和尚的感情。

当年程二毛想娶玉玲，他妈嫌玉玲身体不好一直不同意，是程和尚拍了板让他自己做主；玉玲家想要彩礼，他妈一直不同意，程和尚起了大早偷偷给了程二毛 300 块钱，叮嘱他不要跟他妈讲。那时候的 300 元值钱着呢，他也不知道程和尚怎么省下的这笔钱能不被他妈发现。

玉玲进门第一年，也就是程二毛刚出师那年，程二毛手艺学到了，但老师傅还在，还是没多少人找他做大活，是程和尚教他不要眼高手低，先做些小椅子、小凳子拿街上卖。程二毛不好意思摆摊，程和尚每天早上用绳子把小椅子、小凳子串成一串，用扁担挑着上街卖。那时候程和尚每次出去串门、看戏，都拎着程二毛打的小板凳，逢人就夸程二毛的手艺。后来找程二毛做活儿的人越来越多，活儿也越做越大，从小板凳到五斗橱大衣柜，还有门窗，什么活儿都有，渐渐地程二毛好手艺的口碑就在十里八乡传开了。

玉玲进门半年没怀孕，还三天两头有个头痛脑热的毛病，他妈就更看不上玉玲，总不给玉玲好脸，玉玲心气也高，受不了他妈的脸色总是顶嘴，婆媳之间水火不容，玉玲和他妈心里都怄气，两个人都闹着要分家，可程二毛刚开始有活儿干，哪能攒够盖房子的钱分家呢？程二毛夹在亲妈和老婆中间难做人，每天磨到天黑才敢回家，饭桌上都不敢大喘气，是程和尚黑着脸发话说三年后才能分家，给了程二毛喘口气的工夫把三间瓦房盖了起来。新房上梁的那天，程和尚在饭馆喝多了，是程二毛背回去的，程和尚趴在程二毛背上一直“儿子！好儿子！”亲昵地喊着程二毛，刚到家门口，程和尚就吐了程二毛一身，当时的程二毛觉得厌烦，现在想起来，程二毛的眼眶都在发热。

程二毛晓得，除了他，玉玲也会记程和尚的好。当年玉玲怀程国庆的时候，羊水提前破了，眼看就要生了，程二毛在外头做事还没赶回来，程和尚不顾旁人可能讲闲话，当机立断，拿板车拖着玉玲去医院，到了医院医生说玉玲胎位不正要做剖腹产手术，要丈夫签字，是程和尚跪下来求医生先给玉玲剖腹产，等程二毛来了再补签字，才保了玉玲和程国庆母子俩的平安。所以当族里的长辈劝程二毛早些给程和尚置办衣冠冢让程和尚早日“入土为安”，程二毛有些顶不住压力的时候，是玉玲在一边唱黑脸讲“生要见人，死要见尸”。玉玲对程二毛讲，反正他们只要还活着就还等着，攒了钱就出去找，没钱了再回来挣，等供程国庆上了大学，程和尚还没找到，她就和程二毛一起出去打工，两个人一边打工一边找。

程二毛想到这里，心里总算舒服些，院子里的杂草也拔干净了，程二毛开门进屋，又把屋里打扫了一遍，打扫的时候心想万一什么时候程和尚又回来了呢。打扫完了又想，程和尚回来了说死也不能让他再自己住了，这个家分得太久了，也该合上了。

程二毛这时想都不敢想，一周之后程和尚就要回来了。

6

《生活百味》采访王光头的节目播出之后，谷里收到了许多观众提供的线索，她仔细核对之后都记在本子上，准备拿去跟王光头一起研究。

王光头的店里也来了不少提供线索的人，王光头这才知道,《生活百味》那期栏目最后还是给了“王记羊汤店”一个镜头，这些人就凭着一个镜头找到了他，有些人是真见过程和尚来提供线索的，有些人是打着提供线索的幌子蹭一碗羊汤，王光头都耐着性子一一接待了。事已至此，他也没有别的好办法，但他心里憋着一股火，等着谷里上门。

等谷里拿着满满一本记着信息的本子上门的时候，王光头的火气也消了，他知道谷里真是在费心帮他找人，况且节目已经播了，发火也不能改变现实，王光头接受现实的能力向来很强。

王光头和谷里按照线索提供的时间地点，基本摸清了这一段时间程和尚的动向。程和尚一开始遇见韩风的时候，应该是刚到下沙市，第二天王光头就遇见了程和尚，白天程和尚不在的时候应该去了郊区的一个石料厂看石头，最后离开羊汤店的那天程和尚在石料厂买了一块青石，运到了洪村村口荒地上。王光头和谷里一起去了一趟洪村，挨家挨户地打听了一遍，洪村的村民却没有在村口见过程和尚，也没见过那块青石。但还有其他的线索说程和尚在一家工地出现过，他想找点活干，人家嫌他年纪太大没有要他，这之后的线索就断了。

王光头听说程和尚去工地找活干，知道程和尚身上可能是身无分文了，不由得心慌起来。谷里安慰王光头说，程和尚可能还会遇见像王光头一样的好人在帮他，王光头搓了搓脑袋欲言又止。

“你是想说世界上也有坏人吗？”谷里问道。

王光头叹口气：“坏人也会做好事，好人好心也会办坏事，什么都说不好的，只有早点找到人我才能放心。”

谷里眼珠子一转：“我们可以去找警察帮忙找找人吧？”

王光头连忙摇头：“不行，我也不是他家属，有什么资格找警察？找了警察也不会管。”

谷里却胸有成竹的样子说道：“没事，跟警察好好说说前因后果，警察肯定会帮忙，程老爷子也是抗日英雄，抗日英雄应该是全国人民的家属。”

谷里说完就拉着王光头去派出所，王光头拗不过她只得跟着去了。

到了派出所，王光头坐在角落低着头一言不发，谷里只好跟警察说明了来意。警察很热心，要了寻人启事的照片给其他派出所都发了一份传真，让其他民警帮忙留意，王光头在警察发传真的时候才看了一眼谷里。

“你怎么了，怎么来了也不说话？”谷里走过去问道。

“你是记者，比我说话管用。”王光头悄声说道。

谷里瞪了王光头一眼，这时候派出所电话响起，警察接起电话，然后招呼谷里过去。

警察告诉谷里，其他辖区派出所的人见过程和尚，写了一个地址让谷里赶紧过去。谷里和王光头连忙动身赶往下一个派出所，等他们赶到的时候，一个年轻的小警察正在门口等着他们。

小警察一见到谷里就迎了上去，急切地说：“你们可算来了！我都快没招了！”

王光头和谷里有些摸不着头脑。

“你在等我们吗？”谷里问道。

小警察拍了一下巴掌：“当然了，你们是找那个老头，不对，老大爷的吧？”

王光头急切地问道：“程和尚在这儿？”

小警察摇头：“不在这儿，在——”

“在哪儿？”王光头迫不及待地插嘴，谷里暗地里拉了一下王光头，“让人说完呢。”

小警察蹬上自行车：“你们跟我来吧，我带你们去找他。”

王光头看了一眼谷里：“你坐车后面，我跟着跑就行。”

小警察瞄了一眼王光头，笑了一下：“没事，不远，前面500米就是，你这体格跑一下没问题。”

谷里上了自行车，王光头跟着自行车跑了起来。

到了地方，小警察掏出钥匙开门，一个老阿姨迎出来喊小警察儿子，王光头和谷里这才反应过来，这里是小警察的家。

小警察让王光头和谷里在客厅里坐一会儿，他跟着他妈进房间看了一眼出来说：“再等等吧，那个老大爷还在睡觉，不能吵醒，吵醒就闹脾气，脾气可大了。”

小警察笑嘻嘻地假装害怕得哆嗦了一下。

王光头起身想去房间看一眼，被小警察“嘘”了一声，只得坐下等。

小警察给王光头和谷里泡了两杯茶，说了一下前因后果。王光头他们才知道，小警察在执勤的时候遇见了程和尚在路边翻垃圾桶，小警察见程和尚可怜，便把他妈给他做的盒饭拿给程和尚吃。他妈妈过来取饭盒的时候程和尚看见了，一路跟着他妈，走哪儿跟哪儿，他妈妈好心，看程和尚可怜，便给领了回来。程和尚进门就发起烧来，小警察和他妈连着照顾了几天，程和尚才好起来，别的毛病没有，就是整天昏睡着，醒来吃一口又继续睡。

“像一辈子没睡过觉似的，唉，等他醒了你们看一眼是不是，要是就赶紧领走吧，这几天可把我妈给累坏了。”小警察说道。

这时小警察的妈妈走了过来说人已经睡醒了，招呼他们过去看看。王光头走到房门口一看，床上躺着的正是程和尚，王光头心里松了口气，身上像卸下了千斤重的包袱，脚底一软，但还是站住了，一步一步朝程和尚走过去。

7

程二毛不敢相信自己的眼睛，程和尚回来了，全须全尾毫发无伤地回来了。程二毛激动得站立不住，跪在地上抱着程和尚的腿大哭。王光头和谷里站在后面眼眶也红了。

“你这伢，我又没死，哭么事？”程和尚动了动腿，示意程二毛起来。

王光头走过去把程二毛扶起来：“别哭了，别哭了，你爸现在身体弱，坐了这么久的车，让他好好休息休息。”

程二毛这才勉强站起来，把程和尚扶到屋里安顿躺下，程和尚刚躺下就睡着了。

玉玲过来给王光头和谷里让了座泡了茶，程二毛跪在王光头和谷里跟前磕头，谷里起身要扶，王光头拦住她悄声说道：“让他心里舒服些，咱们心里给他还回去。”

“实在不知道怎么感谢你们，把我大大给送回来了。”程二毛磕完三个头，起身说道。

“我说不用谢也是假的，晚饭我想吃点好的，你请我们行不？”王光头跟谷里对视一眼，笑着说道。

程二毛连连点头：“行行行！吃什么都行，我带你们去街上最好的馆子，不对，我们去市里最好的馆子！想吃什么吃什么。”

王光头搓搓头：“对我来说家里的菜才是最好的，谷里，你觉得呢？”

谷里点头：“当然了，好久没吃过了。”

程二毛愣了一下：“你们不是跟我客气？”

王光头和谷里都摇摇头，程二毛拉开嗓子喊着：“玉玲！玉玲！烧饭去！杀鸡，鹅也杀了，鸡炖汤，鹅给炖个锅子，还有鱼，去那个谁家鱼塘捞两条鱼烧了，还有到学校把程国庆喊回来给恩人们磕头！”

玉玲在一边嗔怪地说道：“我在这儿，喊什么喊，我这就去了。”

玉玲说着就欢天喜地地出去抓鸡逮鹅，程和尚回来了，她是真心高兴。

程二毛安排好恩人们晚饭的事情，心情总算平复了一些，但高兴的眼泪还是止不住地淌，王光头把程和尚在下沙的事情跟程二毛仔细地说了一遍，程二毛愣住了：“我从来不晓得我大大还当过抗日英雄的事情……战友老胡更是没听他讲过，我只晓得他当过和尚，还俗之后娶了我妈。”

王光头和谷里对视一眼，连家里人都不晓得程和尚当过兵打过仗的往事，让他们有些吃惊。

“那你父亲是做什么的你知道吧？”王光头问道。

“他？就是一个给人刻墓碑的手艺人，在我们这边是出了名的好手艺，85 岁之后没做了，可惜我没学到他的好手艺。”程二毛说起来有些落寞。

“原来是刻碑人？难怪了。”王光头感叹道。

“你们刚才讲他去买青石，我猜大概是想给老胡刻个碑吧，老胡的坟上是不是还没有立碑？”程二毛问。

王光头摇摇头：“我们后来找到那块青石了，上面刻的是你父亲自己的名字，就在老胡的墓碑旁边。”

“哪有给自己刻墓碑的事情？他离家那么久，跑了那么远，是去给自己刻墓碑，这不是孬子干的事吗？”程二毛苦笑了一下。

谷里轻轻叹口气：“程大哥，医生说你父亲得了阿尔茨海默病，也就是老年痴呆，一时清楚一时糊涂，对以前的事情可能记得清，眼前的事却很难记得，所以这一路才回不了家，至于他当时为什么要走，到底怎么想的，估计很难知道了，程大哥，你要有心理准备。”

程二毛愣了：“我大大老年痴呆了？不可能，他走以前天天还打麻将呢，有时还赢些钱呢。”

王光头从包里掏出一沓病历递给程二毛："我们送他回来之前，带他去医院检查过，他平时应该也有些症状，他今年多大年纪了？"

"89，不对，过了六月90了。"

"等他醒了你可以问问他年纪，他一直以为自己只有80岁。"

程二毛看着病历手直哆嗦，等不及程和尚睡醒，他走进房间把程和尚摇醒了："大，大大，你跟我讲你今年多大年纪了？求求你跟我讲一声。"

程和尚被闹醒了，怒气冲冲地瞪着眼看着天花板。

"大大，你跟我讲一声你多大年纪了。"程二毛追问着。

"你妈咧？叫你妈来管管你，这么大人了我睡个觉还来烦我。"

程二毛"哇"的一声像个小伢一样哭了出来："我妈都走了九年了，大大你还真孬了哇？"

到了傍晚的时候，程二毛才缓过来一点儿，其实每个人都清楚程二毛并没有真的缓过来，只是有外人在场，他还要打起精神待客，好在世间还有酒这种东西。

酒是悲伤的人短暂的避风港，如果一杯酒不能安慰，那就两杯，两杯不够还能再来一杯。至于酒醒之后会怎么样，喝酒的人大都不会去想。

王光头陪程二毛大醉一场之后，终究还是醒了。他推掉了程二毛塞过来的感谢礼金，跟谷里悄悄地离开了程二毛的家。

8

送程和尚回来之后，谷里的工作调动去了省台。王光头的生活又恢复了原样，每天晚上仍然是一本武侠小说一杯酒。

只有一天晚上例外，韩风来了，带着一个信封让他转交给程和尚。

韩风说那是他欠程和尚的，那次他在街头遇见程和尚，带他去旅社的时候，摸走了程和尚包里的信封，那时候韩风也在离家出走，身无分文的韩风动了邪念，但很快就后悔了，他上次到羊汤店是想看看有没有找到程和尚，他想道歉。听王光头说了程和尚的事之后，他更加后悔，于是打电话给电视台装作热心观众提供节目线索，想尽快找到程和尚来赎罪。

王光头打开信封，里面是一沓钱。王光头把信封还给韩风，让他捐出去。

“自己的罪，自己去赎吧。”王光头说。

送走韩风，王光头走进自己的房间，墙上挂的是他父母和女友的黑白照片，王光头没跟任何人说起过，他坐过牢，他悔改了，但他的父母和女友却在探监的路上车祸身亡。

他并不是每天都有勇气面对现实，但他始终记得他父亲临终前的嘱咐：要做好人，要做好事。

这一点，他会永远记得并做到。这是他做儿子的责任。

程和尚一年后去世了，程二毛带着骨灰来到下沙市，把程和尚葬在了老胡的坟墓旁边，他虽然一直没搞明白他大大为什么要离家出走找老胡，又为什么要给自己刻墓碑，但他晓得这是他大大程和尚做的最后一件事，一定很重要，他必须要帮他完成，谁让他是他老子，他是他儿子呢。

兄弟伙

老王失魂落魄地坐在派出所里，断断续续地把怎么发现黄毛尸体的事情讲了一遍，一个长得斯斯文文的姓尹的小警察在给老王做笔录，老王家的婆娘李秀兰坐在一边的长条椅上剥毛豆，不时瞟一眼老王，心想人只要是全须全尾的就没得事。

1

谷雨刚过，夏天便露出了急不可耐的嘴脸，这几天的最高气温已经超过 30 摄氏度，最低气温也有二十一二摄氏度，路旁大棵的泡桐树开满了紫色的花，远观很是缤纷好看。走近了就又是另一番景象，每一朵花都开得肆无忌惮张牙舞爪，一眼看过去眼睛便失去了焦距——根本不晓得看哪好，索性低头匆匆走过。

二厂煤矿的矿工老王下了夜班先去街上澡堂洗了把澡，出来结账的时候听澡堂陈老板说起好些天没看见黄毛了，黄毛欠了澡堂老板 800 块的赌债，陈老板托老王回去的时候给问问，黄毛到底么时候还钱。陈老板和黄毛是牌友，黄毛跟老王是酒友，但老王和陈老板没得什么交情。老王埋怨老板给他找事，陈老板拿了一块新香皂塞到老王手里头，洗澡的五毛钱也没收。老王从肩膀上扯下毛巾裹好了香皂攥在手里，老王说行了，我肯定让黄毛那个老赤佬把你的钱还上。老王并不是上海人，“老赤佬”这个词是跟黄毛学来的，黄毛 20 多年前可是正经上海人。

陈老板嘿嘿地赔着笑点着头，老王不晓得哪里来的豪气放话讲，黄毛要是不还你钱，我帮他还。陈老板更殷勤地点着头说劳驾了，劳驾了。老王挺直腰板，眼神从其他客人赞许的目光上越了过去，假装毫不在意地走出澡堂。

回去的路还没走出两里，老王已经后悔在澡堂里说要帮黄毛还钱的话了，他和黄毛关系确实不错，但 800 块钱是他一个多月的工资，他还有老婆孩子要养，虽讲黄毛不是赖账的人，可万一黄毛不还钱呢？老王心里一急，背上细细地冒了一层汗，老王心想，澡也白洗了，这个狗日的黄毛尽不干好事。

老王带着一肚子埋怨朝黄毛家走去，手里提着刚在巷子口斩的卤鸭子，这个月他排夜班，一直也没工夫找黄毛喝酒，明天他终于能休息一天，今天喝了酒再回去好好睡一觉吧。老王盘算着走到了黄毛家门口，他刚想张嘴叫黄毛开门，就闻见一股恶臭，老王四处张望了一下，黄毛家住的是一排铁皮房子中的一间，左右邻居去年就陆续搬走了，只剩黄毛一个人没地儿搬，房子周围除了菜地就是垃圾场，老王寻思是谁家菜地刚浇了粪的臭，可再一闻不太像，怕是有死猫死狗吧？

老王皱了皱眉头，扯开嗓子喊：“黄毛！黄毛！”

没人答应。风从铁皮屋顶刮过来，隆隆作响。

“这个老赤佬到底在不在家啊？”老王自己嘟囔着。

老王走近黄毛家的窗户，想看看黄毛到底在不在屋里，只见窗户玻璃上黑乎乎的一片，跟被哪个泼了一桶黑漆似的。老王扒着窗台准备凑近了再喊两声，要还是没人应他就算了，卤鸭子他一个人吃还过瘾些。老王一靠近，窗户玻璃忽然哐啷哐啷地动了几下，老王吓了一跳，与此同时，玻璃上的黑漆似乎褪色了，老王看见成千上万只的苍蝇在屋里横冲直撞，撞得玻璃砰砰作响，紧接着一股浓烈的恶臭扑面而来，老王觉得自己脸上像结结实实挨了一巴掌，这一巴掌扇得他睁不开眼，但老王还是看见了黄毛的尸身趴在地上。

黄毛死了，59 岁，算不得英年早逝，也算不得寿终正寝，再过几个月是他 60 岁生日，他从没过过生日，想过 60 岁的时候要办一办的，但临了也没能凑个整。

也就是我们活着的人瞎感叹，黄毛已经死了，死人什么都不晓得。

黄毛当然也不晓得自己死了半个月之后才被人发现，而他那间闷热得鸽子笼一样的房子（也真是鸽子笼，黄毛养了几十只鸽子在他那个十几平米的铁皮房子里），屋顶连一块完整的毛毡子都没有，外面温度超过 30 摄氏度，房子里基本上就是个蒸笼。高温使他的尸身迅速腐烂，接触地面的皮肤最先开始溃烂，渐渐地脓液流出，蛆虫遍地，恶臭连连。再之后黄毛的尸身已经露出隐约的白骨，他生前养的鸽子也都在笼子里闷死了七七八八，地上的白蛆变成了绿头苍蝇。也就是这时候，老王爬上了黄毛家的窗户。

那种场景，不是谁看了都能受得了，老王还算坚强，捂住口鼻跌跌撞撞地后退了几步，最后小腿酸软倒在人家菜地里时，还往韭菜地那边侧了侧身子，一点儿都没压到隔壁垄的莴笋。韭菜比莴笋便宜不少。

老王倒在韭菜地边吐得苦胆水都出来了，卤鸭子也甩到了那一摊黄绿色的液体中，老王吐红了眼睛，心里怎么也想不明白自己上辈子做了么孽要碰见这样的事，但他看见了也不能不管。老王胡乱抹了抹嘴，踉跄着想站起来，脚却不听使唤，老王跪倒在地上，心想这不会是黄毛这个老赤佬想让我给他磕头吧？算起来黄毛比他大两岁，人都死了，磕也不吃亏，老王砰砰砰在地上磕了三个头，想爬起来腿还是使不上劲。

老王气得大骂："黄毛你个老赤佬，老子是要帮你去喊人你晓不晓得？"

老王骂完了，顺了气，一使劲儿也站起来了，这时正好看见一个挑粪的老头过来，老王一把拽住老头的扁担："出事了，莫挑粪了，赶紧去一趟派出所。"

老头不明所以地看着老王。

老王指了指黄毛的房门："这死了人可晓得？赶紧去找人来！"

老头一听，这才点头，老王急了，踢了老头屁股一脚：“光点头有什么用，还不赶紧跑？”

老头一边跑一边回头朝老王喊：“你别跑啊，等一下你还要赔我韭菜！”

黄毛要是活着，老王瘫倒在菜地时还不忘算菜价这事儿够他笑半年了，黄毛取笑老王，和老王骂黄毛一样，都是习惯成瘾，根本戒不掉，但这次，老王不戒也得戒了，死了的人他还能骂几回？

2

老王失魂落魄地坐在派出所里，断断续续地把怎么发现黄毛尸体的事情讲了一遍，一个长得斯斯文文的姓尹的小警察在给老王做笔录，老王家的婆娘李秀兰坐在一边的长条椅上剥毛豆，不时瞟一眼老王，心想人只要是全须全尾的就没得事。

老王累了，上了一个夜班加上这大半天的折腾，老王觉得自己快虚脱了，现在他只想回家灌上半斤白酒然后倒在床上什么也不想，可是小尹警察很是敬业，老王讲过的每一句话每一个字，小尹都要重复几遍再三确认才写在纸上，这期间不时有脸色煞白的警察从外面回来，有的想跟小尹换班来给老王做笔录，都被小尹推走了。老王这才晓得小尹记这么仔细不过是想挨时间，怕被叫到黄毛家去清理现场。老王抱着救人一命的心情，又把他去黄毛家的来回经过讲了八遍，派出所里的人也回来得七七八八，讲现场已经清理得差不多了，小尹的手激动地颤抖着在笔录本上画下句号，感恩戴德地把老王和他婆娘送出门。

老王一言不发地走在回家的路上，李秀兰拎着一袋毛豆米跟在后面左右张望着，日头已经往西落了，路边的摊贩都开始收摊了，这正是捡便宜的好时候。李秀兰眉头一挑，一眼看见了旁边鸡贩子的竹笼子里还剩一只瘦不拉几的童子鸡，李秀兰看了一眼老王的背影，都没跟鸡贩子还价，就把那只鸡买下了，催促鸡贩子赶紧帮她把鸡杀了。

李秀兰拎着鸡和毛豆米到家的时候，老王已经上床躺着了，没听见老王的呼噜声，晓得他没睡着，就说了一声晚上吃毛豆烧鸡啊。谁能想到老王跟挺尸一样忽然从床上坐起来指着李秀兰的鼻子骂："吃吃吃，你就知道个吃！黄毛死了你可晓得？"

李秀兰看了老王一眼："人死了就不吃饭了？"

老王被李秀兰问住了，恼火地起身推开李秀兰走了。

李秀兰平日里总是心不在焉的样子，可做起事来有准数，去派出所等老王时不忘剥毛豆，跟老王吵架时不忘把鸡给剁了。她想，吵归吵，鸡都杀了还能不吃？老王摔门走了之后，她往外追了两步就回来了，锅里还烧着鸡呢得有人管，再说他能走到哪儿去，迟早不是要回来的吗？于是李秀兰坐到灶下继续烧火。

老王离了家一时确实不晓得往哪里去，以往这时候都去找黄毛，跟黄毛喝二两小酒，把眼见心烦的人和事情通通骂一遍，心里痛快了就回家哄婆娘，现在没有黄毛这个去处了，老王想了想，转身去了油厂后面的我奶奶家。

老王觉得自己受了惊吓，应该让我奶奶给自己喊喊魂，不然心里总有点放不下。

我奶奶也是黄毛的熟人，晓得黄毛的事情之后已经在屋后头给黄毛烧了纸，看见老王耷眉塌肩地来了，两个人对着叹了几口气。

“方妈……你看可要给我喊喊魂，看见黄毛那个样子，我怕以后晚上都睡不着哦。”老王的话讲得可怜兮兮的。

我奶奶端着茶叶米朝老王身上撒了撒，又给老王放了血。

“没得事，黄毛是个好人，死了也只得保佑你。”

老王点点头，心里头觉得好过一些了。

“你跟黄毛平时玩得好，像兄弟伙一样，他总有一些身后事，你要帮忙搞一搞啊。”

老王点头：“那是肯定的。”

老王从我奶奶家出来转头朝澡堂走去，不管怎么的，他得跟澡堂老板交个差。

老王一走进澡堂，就被人群围了起来，在池子里泡澡的人听说老王来了，从池子里爬出来裤衩都来不及穿，用毛巾裹住下身就跑出来招呼老王进男澡堂，他们想听听老王讲讲黄毛死亡现场的细节，可女澡客也不肯放过老王，拉住老王让他就在柜台这里讲，澡堂老板分开人群走到老王面前，递给老王一根烟点上："听讲人都烂了？"

老王心口忽然堵得慌，眼眶也有些发酸，老王赶紧低头嘬了一口烟，故意压低声音，怕人听出自己的哽咽。

老王："嗯，烂了。"

哪个都晓得黄毛烂了，但从亲历现场的人嘴里得到确认还是让他们喟叹了一番。这时不知道哪个多嘴讲了一句："哎，黄毛欠的债怕是要不到咯。"

老王听见这句话心有些慌，他还记得早上跟老板打的包票，老王把手揣进裤子口袋，里面有早上刚发的工资和加班费 1243 块 8 毛，替黄毛还给澡堂老板一个人是够了，但他不晓得这里还有没有黄毛其他的债主，他摸着钱的手一直不敢掏出来。

老板倒是出人意料的爽利："拉倒吧，人都死了，赌债算什么债？我就当是积德，菩萨保佑我以后别跟黄毛一样的下场就好咯。"

"算了算了，他欠我的我也不要了，也当积德了吧。"人群中有人附和着，老王松了一口气，手从裤兜里拿了出来。

陈老板不知从哪个人的脚边盘过来一张小板凳，央老王坐下，仔细地把黄毛的事儿讲一讲。老王跟小警察讲了那么多遍事情经过，早已熟能生巧，老王把自己当时震惊之后的镇定加入了一些夸张的技巧给描述了一番，获得众人的交口称赞。关于现场的描述他倒没有任何夸张，不是他不想，而是这超出了他的能力范围，他把看见的成群的苍蝇、遍地的蛆虫、腐烂的躯体和露出的白骨等一五一十地都说了出来，这时，心软的妇女们已经哭出声了，而男人们也都点起了烟闷头抽着，借此掩饰自己的叹息。

大家散去的时候都互相嘱咐:“好好的，都好好的，该吃吃，该喝喝，哪个晓得今天晚上脱掉的鞋子明天早上能不能穿上。”

3

天快要黑了，老王漫无目的地在街上走着，各家各户的门灯陆续亮了起来，镇上没有路灯，那些上晚自习的学生和上夜班的工人，走夜路就靠这些门灯照亮了，总上夜班的老王经历过无数次这样的黑暗和光明交错的时刻，但没得一回像今天这般心酸感动，一盏灯原来也可以暖人心。老王想还是回家吧，李秀兰肯定也给自己亮着灯呢。他摔门而去的火气已经散了，他甚至想了一下自己哪来的那么大火气。

老王心里想着回家，却不知不觉地走到黄毛家的巷口，老王倏地回过神来，巷子里已经没有人家，巷子很黑，老王站在黄毛家的巷口正犹豫着还要不要往里走再去看一眼的时候，警察小尹提着一个大桶吃力地从老王身边走过，没走两步便停下脚步回过头。

小尹迟疑地："老王？"

老王也认出了小尹，小尹让老王给他搭把手，老王走过去拎了一下桶，还行，应该就二十来斤，对老王来说这不算什么，老王推开小尹自己拎起桶。老王已经闻见桶里的汽油味儿，但还是问了小尹一句桶里装的是什么？虽然周围没人，但小尹还是凑到老王的耳边悄声地告诉老王，桶里装的是汽油，准备把黄毛的房子给烧了。老王问怎么只有小尹一个人来，小尹懊丧地说大家都到过现场没人愿意再来第二趟，任务就落在了自己头上。

“没得法子收拾的东西一把火烧了倒也干净。”小尹感叹道。

老王和小尹走到了黄毛家门口的那片菜地停下了，小尹掏出几个纱布口罩一层叠一层地戴上，又像想起什么似的拿了一个下来分给老王，老王戴上了口罩，发现小尹竟然还在口罩上滴了花露水，老王赞许地看了小尹一眼。

小尹拖着一根大水管从菜地边的水渠爬上来，他一早在那儿放了个水泵，烧房子是领导吩咐的，万一把别的什么烧了，负责任的可就是他自己了，还是备上水泵保险。小尹放好水管已经累得气喘吁吁，他小心翼翼地坐在水管胶皮上，这样能休息一下，也不至于弄脏自己的裤子，小尹让老王过来坐会儿，老王从开始到现在一直看着黄毛家的窗户发愣。小尹拉下口罩点了根烟，老王坐在小尹旁边神情恍惚，小尹把点着的烟塞到老王嘴里，自己又点了一根。

“他们讲……黄毛是一下子死过去的，没遭罪。”小尹看着黑夜里铁皮屋子的轮廓，非常像一个巨大的棺材，小尹在暗地里哆嗦了一下。

老王没有讲话，他看起来特别累的样子，小尹塞到他嘴里的香烟，他就那么衔在嘴上没有动。

“下午矿上组织的治丧小组的人来了，把人送到火葬场了，这时候应该烧完了，好像也没得什么遗物，就一个上了锈的铁盒子给拿出来了，他们讲黄毛可能有家里人来领，也可能没得人来。我不晓得哪个人做主说要把这儿烧了的，但是烧了也没什么可惜，这儿连捡破烂的都不来。”小尹说到这里停顿了一下，看了老王一眼，“你呢，要不要进去看看？”

老王摇了摇头讲：“不看了，人都死了……”

“那我去点了？”

老王点了点头。

小尹拉上口罩，拎着汽油桶走到黄毛家门口，旋开汽油桶上的盖子，一脚把汽油桶踢翻进屋里，划了一根火柴丢了进去然后转身走开。

火势并没有老王和小尹想象得那么大，但站在一旁依然能感受到火的炽烈，老王的脸被烘得发烫，这让他更加昏昏欲睡。

老王跟小尹告辞，摇摇晃晃地走回了家，李秀兰烧的童子鸡还在小煤炉的钢筋锅里温着，鸡腿特地没有剁碎，完整地放在最上面，老王看了一眼正在装睡的李秀兰没有说话，啃完了一只鸡腿嘬了嘬手躺在了李秀兰身边，李秀兰的手轻轻地搭在了老王的腰上，老王瞬间便打响了呼噜。

4

老王在职工之家的布告栏里看到陈沪生的讣告愣了一下，“陈沪生，陈沪生”，老王反复默念了几遍才把陈沪生和黄毛对上号。老王有些纳闷儿，黄毛死了都两个多月了，也没举行葬礼，怎么还贴出一个讣告了？老王眼角的余光看见一个女人，老王扭过头想要看看是谁，女人正好转身朝接待室走去。老王恍惚着寻了一个窗户底下的阴凉地儿坐下，他听见礼堂里传来的音乐声，本来他应该在里面参加庆祝香港回归晚会的排练，但他今天不想去了。刚才那个女人有一头蓬松柔软的金黄色的头发，简直和黄毛的一模一样，让老王没得法子不想到黄毛。

黄毛之所以叫黄毛，正是因为他金黄色的头发。黄毛是出生在上海的混血儿，除了一头金发之外，他还遗传了父亲的鹰钩鼻，如果看得再仔细一点儿就会发现他的眼珠也是蓝色的。黄毛长的完全就是外国人的相貌，他只是不会讲外国话，不要说外国话了，其实他连普通话都讲不好，他只会并且只愿意讲上海话。

在皖南乡下的这个小镇上，黄毛当然是一个异类。对于异类，有人好奇，有人嘲笑，有人避之不及，黄毛从小就经历着这些，早就见怪不怪了，不管人家怎么对他，他都笑眯眯地叽里呱啦讲几句大家都听不懂的上海话。伸手不打笑脸人，乡下人更懂这个规矩，久而久之，大家也就习惯了黄毛的存在，时间再久一些，黄毛还交到了几个朋友，他和老王一起喝酒，和澡堂老板老陈还有卖卤菜的老周一起打牌，日子过得并不算坏。

老王跟黄毛做朋友之后学会了一点儿上海话，才晓得黄毛当初笑眯眯讲的那几句上海话全是骂人的，老王大骂黄毛你个老赤佬，从来都不是好东西，活该被劳改——小镇上有个劳改所，黄毛是劳改过来的，放出来之后不知道怎么的没回上海，留在劳改所的煤矿上班，跟老王成了同事，劳改所后来没得了，煤矿被一个二厂并了，之后就一直叫二厂煤矿了。

黄毛不很在乎人家“劳改劳改”地叫他，其他和黄毛一同劳改过来且留下的人，都拼命地想摆脱掉过去，理发店的师傅把他们的头发剃得稍微短点儿，他们便会觉得人家在影射自己，总会找机会闹点事情消消心头火，镇子上的人自然拿黄毛和那些人相比，一来二去，黄毛的人缘倒好了起来。可人缘再好，也娶不到镇子上的姑娘。一是因为黄毛曾经是劳改的身份，二是因为黄毛虽然长了一副洋人的皮囊，但无论用东方还是西方的审美来看，都跟帅气沾不上边，甚至连普通都算不上，况且黄毛平时的穿衣打扮实在不搭。他经常穿着一件看不出原本颜色的夹克，天热就会换成同样看不出原本颜色的衬衣，下面穿着晒得褪色的帆布裤子，脚上无论冬夏都穿着一双高帮的大头皮鞋。不晓得是不是大头皮鞋的原因，黄毛走路时经常像是找不到重心，身体起伏非常大，像是他走的路异常颠簸，盯着他走路多看一歇歇就可能晕车。

黄毛娶不到姑娘，本地人老王也娶不到，老王父母双亡家徒四壁，身世太过清白，而脸却不大清白——长了一脸麻子，混到了 39 岁媒婆换了好几个，姑娘们连面都不肯见。老王和黄毛喝酒的一大主题就是劝自己和黄毛都对娶老婆的事情死心，黄毛每次却不搭老王的话茬。

老王后来才晓得，自己每次在跟黄毛抱怨本地媒婆不靠谱、姑娘太势利的时候，黄毛已经放眼全中国了，黄毛说他已经托人去云南给他寻个婆娘，云南地界偏僻人朴实，只要不挑三拣四，肯定能找到婆娘。

在黄毛告诉老王他要找个云南的婆娘回来这个决定的第二天，老王看到黄毛拿着存折去了银行，然后把钱交给了一个跛子。老王问黄毛那个跛子是不是要去云南带人回来了，黄毛点点头。老王问他怎么给了跛子那么多钱，又不是买婆娘。黄毛掰着手指给老王算了一笔账，老王才明白讨个婆娘和买婆娘的区别只在于对方是否自愿，无论如何钱是省不了的。可老王没钱，他攒的那点儿钱都变成烟酒糖果送到了媒婆家，结果呢婆娘还是没得戏，老王后悔不如把钱省着跟黄毛一样去云南讨个婆娘。老王问黄毛云南婆娘么时候能来，黄毛伸出两个指头，老王明白两个月之后黄毛就要有家有婆娘了，而自己还是孤家寡人，老王越想心里越不是滋味，自己钻了牛角尖，陷入了恐慌。

老王的恐慌表现得非常明显，他日渐消瘦，整天像丢了魂似的，有一次竟然没戴安全帽就下了矿井，好在黄毛在监管员发现之前帮老王把安全帽扣上了，老王这才没被扣安全分。黄毛看着老王还是心不在焉的样子急得嚷嚷起来，在井底下做事背后都得长着眼睛，像老王这样的精神头下了矿井就是害人害己。老王嘴上讲劳改的命不值钱，他自己的命也不值钱，可当他听到有人喊“不得了了，老龙通水了！”的时候，他拽着黄毛爬得比哪个都快，可是爬得再快也没水涨得快，转眼水就从他们的脚后跟追了上来，很快就没了腰，老王和黄毛奋力地爬着，一步都不敢怠慢，爬上一层再转身伸手捞下面的人。老王他们都算走运，一个小队十几个人都安全跑出来了。

老王和黄毛躺在太阳下的煤堆上喘着粗气，都沉浸在劫后余生的不安和庆幸的情绪中，黄毛似乎先缓了过来，他问老王为什么他们把塌方叫“老龙通水”。老王情绪还没缓过来，骂了一句娘希四，不再理睬黄毛。黄毛也没有纠缠，老王不晓得黄毛这时候已经在想另外一件事情了，他看见黄毛把安全帽扣在了脸上，不晓得黄毛这个时候正在想的是如果今天没得老王，他还能不能看见太阳。

老王不晓得问题也不知道答案，黄毛经过一段时间的沉默之后又忽然开口了，黄毛跟老王讲，他看了跛子寄回来的那个云南女人的照片之后不很喜欢，老王可以看看照片，如果喜欢就让跛子带回来给老王，省得跛子白跑一趟。

老王看着黄毛，疑惑着他在这时候讲出的话能不能当真，他想当真，老王太渴望一个婆娘了。但老王不能问也不敢问，怕一问出来两个人都后悔。所以老王只是点头答应了下来，黄毛也没有多话，继续把安全帽扣在脸上，老王想讲点什么话，又不晓得讲什么好，他想起黄毛提出来的老龙通水的问题，老王朝黄毛哎了一声，唤起了黄毛的注意力。

老王跟黄毛讲镇子上的老人习惯把井眼叫龙眼，这地底下原本就有许多老井，自然就是老龙了，老井之所以成为老井，是因为干涸没水了，而且一般都是干了很多年了，结构土壤都疏松了，一旦通了水，就溃泻塌方了。黄毛听完笑了一下，开了老王一个玩笑，说老王你有了婆娘啊估计就要老龙通水了。老王想反驳讲老龙通水这个词不是这么个用法，但他忍住了，现在黄毛是老大，讲什么都中。

黄毛是个讲话算话的人，跛子带回来的女人黄毛连面都没见，直接让老王去了，那个女人就是李秀兰。

等老王攒够钱让跛子再去云南给黄毛找个婆娘的时候已经是一年之后了，黄毛在这一年之间并没有表现出嫉妒或者悔意，就是酒喝得明显比以前多了，每次和老王喝酒，黄毛都会迅速地把自己灌醉然后昏沉沉地睡过去。那时候老王住在黄毛的隔壁，每次等到黄毛的呼噜响起来，老王才敢和李秀兰行房，好在黄毛几乎每天都喝醉，老王晚上并没有耽误什么，可李秀兰一直怀不上孩子。

跛子那次去了云南三个月还没回来，又过了三个月，有消息传来，跛子在路上摔下悬崖死了，尸体一直都没找到。黄毛讨婆娘的事就此没了踪影，老王觉得自己对不起黄毛，黄毛笑嘻嘻地讲都是命，或许他命里就没得婆娘，反正他还有个姐姐在美国，回头他就去投奔他姐姐，再找个美国婆娘。老王心里根本不信黄毛的话，觉得黄毛是痴人说梦，但他哪敢讲出口呢，自己的婆娘可是人家让出来的。

跛子死了之后，黄毛醉得也越来越厉害，有一天黄毛又把自己喝大了，老王搀着黄毛去树下小解，黄毛低着头嘟嘟囔囔地说了一句：老子现在尿的还是童子尿，侬晓得伐？老王脸上开始火烧火燎，本来这泡童子尿该老王撒的，他老王欠黄毛的。

欠了就得还，婆娘是还不了，但是总有别的法子吧。老王攒了一个多月的烟钱，把黄毛带到了一个亮着粉红色灯的理发店，把黄毛按在一个软凳上，一个文着眉毛、画着眼线的女人掀开门帘从后面走出来，黄毛明白了老王想让他找个妓女之后啐了老王一口骂了“册那”，踢开凳子就走了。老王追上黄毛，黄毛挥拳要打老王，老王躲到了一边，老王大骂黄毛：“你他妈的当童子鸡就是活该！”

老王想到这里叹了口气，这时他正好瞟见刚才看到的那个女人擦着眼泪从接待室里走出来，老王站了起来，他现在才晓得自己不想去排练其实是在等她。他总是后知后觉。

5

那个女人是黄毛的双胞胎姐姐，出生比黄毛早了三分钟，看上去要比黄毛年轻一些，加上穿衣打扮和化妆，算得上风韵犹存吧。老王以前听黄毛讲过有个姐姐在美国，他一直觉得黄毛是吹牛，要是有一个在美国的姐姐他为什么还留在小镇子上挖煤？现在这个女人就坐在老王的对面，老王轻而易举就能晓得黄毛当初是不是骗他，但现在这个问题已经不重要了。老王只是想过去跟她讲讲话谈谈心，他是黄毛的兄弟，她是黄毛的姐姐，遇见了坐下来讲几句才不失礼，要是黄毛他姐身边没有那两个陪同，老王可能会过去握一下黄毛姐姐的手，但领导安排的两个陪同像门神一样矗立在黄毛姐姐身边，老王拘谨了很多。黄毛姐姐试图劝说两个陪同出去转一转无果之后，对老王苦笑了一下，老王也不晓得怎么是好，不知所措地坐在那里，他的眉毛和他脸上的雀斑、皱纹挤在一起，丑得令人不安。

“您就是王大雷吧？我听沪生提起过您，我是沪生的姐姐沪芳。”黄毛的姐姐还是开了口，老王感激又局促地对沪芳笑了笑，他没想到黄毛会跟远在美国的姐姐提过自己的大名，更没想到她还能记得。

“我拿黄毛……不，是沪生，我拿他当亲兄弟一样的。”老王这么说原本是想安慰沪芳，可讲出来老王自己都害臊，是兄弟的话怎么会让黄毛落得那种下场呢？可说出去的话泼出去的水没法收回来，害臊也得硬扛着。

沪芳笑了一下用手绢沾了沾眼角没有说话。两个陪同坐在一边用茶杯盖刮着杯子里的茶叶末也没有说话。

老王当然觉得尴尬，只好把当初小尹安慰自己时讲的话拿出来讲了一遍。

“他们讲，黄毛是一下子过去的，没遭罪。”

“沪生，他叫陈沪生。”沪芳说。

陈沪生和他的双胞胎姐姐出生在20个世纪30年代末的上海，18岁时，他的父亲带着沪芳回了美国，他跟着母亲留在了上海。

“我母亲当时让我去美国，沪生心里有怨气我晓得的，可他也晓得我母亲是没办法，”沪芳把手绢缠绕在指头上又解开，“我和沪生从小就被人笑话，挨打也是经常的，他们讲我们是妓女和外国瘪三生的杂种，谁都能啐两口踢两脚。我母亲从小是个孤儿，被人卖去窑子里当了妓女，她也没办法。我父亲呢，是从船上下来的，穷是穷些，可是是正当人，爱上我母亲也是没办法，这些事情，那些人不懂得。你懂吧？”

老王点点头。

“沪生呢，从小营养不好但身体还是壮的，挨打能扛得住，再长大些能打回去，我就不行了，从小有口吃的都要让着，身体发育不如他，什么时候挨打嘛也只能是挨着，讲起来真真的伤心的。”沪芳说着擦了一下眼泪。

老王不晓得怎么安慰沪芳，掏出一根烟来准备点上，沪芳身边的两个陪同阴着脸看着老王，老王犹豫着又把烟装回口袋。沪芳看见了。

“给我一颗烟行伐？”沪芳问。

老王试探着看了看两个陪同，两个人的脸色没有变化，老王把烟放在桌上推过去。

沪芳点了根烟，把烟放在了桌上，老王伸手想把烟拿回来，又被陪同的眼神吓得缩回手，其中一个陪同把烟摸了回去装进了自己的口袋，老王假装没看见。

“后来我跟我父亲去了美国，也不是沪生以为的过了好日子，我到了那边，天天洗碗……算了，沪生那时候比我还惨，我回来之后才听邻居讲，沪生是怎么到的劳改所。”

老王也晓得那段故事，黄毛跟他讲过，那时候的黄毛还叫陈沪生，年少气盛，跟母亲总吵架，每次吵完就去街上闲逛，一来二去也认识了几个游手好闲的“志同道合”的朋友。无所事事的人总想搞些事情，某天，陈沪生发现母亲洗完的衬衫又被人泼了脏水，陈沪生和几个朋友砸了弄堂里的几户人家之后，被丢进了劳改所。那时陈沪生才20岁出头，没谈过恋爱没相过姑娘，陈沪生在劳改所的唯一念头就是好好劳动好好接受教育，等出去之后就找个姑娘结婚生个娃，因为母亲身体不好得让她赶紧抱孙子。陈沪生在劳改所里也坚持只讲上海话，当时他坚信自己出去之后，终于还是要回上海的，乡音无论如何不能忘。

只能说世事无常吧，陈沪生的母亲在外面等累了，先走了一步，陈沪生原先打过的那些邻居没有记仇，帮着把后事给料理了。

“当年骂我们打我们的是他们，后来帮我们的也是他们，荒唐不荒唐？”沪芳深深地叹了口气，“是我回来得太晚了，要不沪生他也不会在里面待这么久。”

陈沪生正经从劳改所出来已经是80年代的事情了，他是在劳改所里待的时间最久的一个，甚至比劳改所里的管教们待的时间还久，因为这个，他出来之后还是在劳改所的煤矿上班，只是不是在劳改区了，每天也不用坐着卡车回那个大铁门里去了。

后来又陆续的有无处可去的劳改放出来，矿上便建了一排铁皮房子，安置他们，黄毛也分到了一间。他住了下来，每天走路上下班，还在家里养了一笼鸽子，黄毛没事儿就会把鸽子放出来，自己坐在门槛上，手握着一把玉米粒，鸽子围在他的脚边啄着米粒和虫子，他一脸慈祥地看着，路过的人看见问他鸽子卖不卖，他挥手说不卖。这就是他的自由。

也就是这时候，小镇上的人开始叫他黄毛，陈沪生的下半场人生就此由黄毛接管。

“我们日子过得好一些也就是这几年的事情，我才跟沪生联系上没多久，就……就出了这个事情，上次我打电话过来，他跟我提起你，没想到……”陈沪芳哽咽了。

那个下午，黄毛的人生在陈沪芳和老王的口中一字一句地被拼凑起来，最后和老王握手告别时的陈沪芳像是负着重担又走了很久的路终于走到了目的地，倦怠却安然。而得知黄毛前半生的老王，再一次陷入悔恨的情绪中，他之前搞不清楚黄毛为什么宁愿当“童子鸡”也不愿意去嫖娼，直到他听见陈沪芳说起他们的母亲原本是个妓女。老王懂了，老王后悔当初不该骂黄毛当“童子鸡”是活该，没得人是活该的。

6

时间又过了一个多月，香港已经回到了祖国的怀抱，全国上下都喜气洋洋，小镇上也不例外，大家早已经把黄毛的死抛在脑后，黄毛的骨灰和遗物陈沪芳已经都带走了，黄毛原来住过的地方现在变成了垃圾焚烧站，而老王也只有在醉酒之后会想起黄毛。生活的新陈代谢似乎超乎我们想象的速度。

这一天老王刚从矿井里出来，广播就在找他，讲他有个包裹到了，老王去传达室领了包裹打开一看，是一个锈了的铁皮盒子，老王认出来这是黄毛原来的东西，再一看地址，上海陈沪芳寄来的，是黄毛的没错了。老王打开盒子一看，里面是一些照片，他和黄毛的合影、矿上每年的集体照什么的，老王一张一张翻看着，忽然就看见了李秀兰的照片，像是当年跛子去云南给黄毛寄来的那张，但那张照片应该在老王家的相册里，老王回家翻了相册，果然相册里还有一张，或许跛子当时给黄毛寄了两张，给了老王一张，黄毛自己还留了一张吧？老王暗自寻思。

在老王快要说服自己的时候，他又想起一件事情，老王和媳妇儿成亲的时候，没钱操办，只请了几个人来家里喝酒，黄毛带了一对金色的耳环当贺礼，没讲是不是金的，老王也没问，媳妇儿一看耳环就喜欢得很，自己戴上了。那天晚上老王只顾着招呼大家喝酒，没顾上问耳环的事情，他心里没想过黄毛会送金耳环，自然没当回事，没两天就忘了，这么些年倒想起来了。老王把在外面洗菜的李秀兰唤进屋里，什么话也不说，先撩了一下李秀兰头发，李秀兰以为老王想那事儿，正要脱裤子，发现老王的手在抖。老王不敢相信，黄毛竟然送了一对金耳环，老王到现在都不舍得买的金耳环。

老王想起了金耳环，也就想起了更多事情，老王想起自己带黄毛去嫖娼反被骂之后，他问黄毛到底有么想法是他能满足的，黄毛当时好像讲的是我想睡一回你家婆娘，但老王把这句话当成玩笑，也许黄毛不是开玩笑呢？早晓得黄毛最后这么凄惨，把李秀兰让他睡一回又能怎么样？老王凄惨无助地胡思乱想着，整个人又恍惚了起来。老王不仅精神恍惚，还有了自言自语的毛病，没事儿总念叨老龙通水老龙通水，矿工们一开始听见老王说老龙通水都吓得赶紧爬走，之后发现老王就是瞎念叨，什么老龙通水根本就是狼来了。安全主任找老王谈了几次话，也没问出来老王为什么总念叨老龙通水，没过多久老王就办了病退。

退休之后的老王在家闷了几天，除了抽烟喝酒睡觉之外就是发呆，发呆的时候老王总是在想当时他和黄毛在煤堆上躺着，黄毛说他有了婆娘之后就会老龙通水的事儿，他之前想反驳黄毛，讲他错了，老龙通水这个词不是那么用的，但现在仔细想想，黄毛讲得没错，现在倒过去想想看他的生活就是在讨了婆娘之后像老龙通水般溃泻千里。

在井底下遇见老龙通水第一件事肯定是跑，可这是老王的日子，他怎么跑？即便是老龙通了水的日子，他还是要想办法补救。自己溺死了不要紧，补救，是救别人。想通了这些，老王花了两条烟一箱酒的时间。老王喝干最后一个酒瓶之后跨出了家门，他要做的第一件事是把寄养在村里的儿子给领回来。

老王娶到李秀兰的时候已经40多了，好些年一直没结果，之前他以为是自己住在黄毛隔壁太紧张发挥不好的缘故，攒了钱搬了家之后发现情况没有好转，努力到50岁出头才得了个胖小子，宝贝是宝贝，却不敢留在家里。介绍人跛子死了，这么多年只顾攒钱都没去过一次云南，万一李秀兰抱着儿子跑回去了，他都没处寻人，宁愿多花些钱把儿子寄养到村里，自己得了空去看一眼。把儿子养在别人家，老王自己是放心了，儿子却是伤心了。老王儿子已经到了读小学的年纪，懂了一些事情，老王每次去看他让他喊爸爸，他就噘着嘴不肯喊，可老王要走的时候，他又抱着老王的大腿不松开。老王把儿子领回来之后，儿子就像来家做客一样拘谨，吃饭时李秀兰把盘子里的鸡腿夹给了儿子，儿子把碗底的饭都扒光了鸡腿都不敢动，老王把鸡腿塞进儿子的嘴里，怒气冲冲地吼着:“给我吃，以后鸡腿都得你吃！”儿子才一边哭一边把鸡腿吃了。老王心里不是滋味，他不晓得自己所做的补救还来不来得及。

老王后来又去了一趟澡堂，天热了没人泡澡，澡堂就变成了赌场，老王带着一个装满现金的信封去了，把黄毛生前欠的赌债一一给还了。有人问老王收到的包裹里面是不是装的金条，要不怎么这么大方？有一个人起哄，旁边就有架秧子的，众人纷纷让老王讲讲到底是收到了什么好宝贝，要不怎么连班都不上了还来还钱？老王想开一句玩笑打个哈哈应付过去，张嘴却又不知道说什么，老王沉默着低头从人群面前走过，大家看着老王的背影一时觉得无趣，可转眼间又开始为谁坐庄争得七嘴八舌闹哄哄的。

再之后老王又去了一趟派出所，去给儿子上户口，老王已经想好了让儿子姓陈，跟黄毛的姓。他不仅让儿子姓了陈，连儿子的名字都取得跟黄毛的名字类似，黄毛是上海出生所以叫沪生，他儿子出生在安徽，所以叫皖生。老王想的是用这个方式把儿子分给黄毛一半，对黄毛来说可能于事无补，但老王想着等他有一天不管是在天上，还是地下见到黄毛的时候，对黄毛除了亏欠之外他还有话可以讲。老王办完这些事情之后终于松了口气，李秀兰晚上睡觉搂着儿子也松了口气。

第二天，老王留了张纸条便离开了家。李秀兰把家里翻了一遍，老王的工资存折和印章都在，放了心。儿子中午下学回家，两个人面对面坐着吃饭，一直到晚上洗脚准备睡觉，也没人提起老王，李秀兰把儿子的脚收进被窝里，拍了拍被褥，很漫不经心地跟儿子说老王出门一段时间，儿子随口应了一声便翻身睡了去。

老王是坐着三轮离开镇子，又转中巴颠簸了六个多小时，来到了一个陌生的镇子。他听说这个镇子也有几个小煤矿，老王原本打算去矿上谋个差事，再找一个小平房独自生活，直到孤独终老，像黄毛生前那样。如果黄毛不把李秀兰让给他，这原本就是他的人生结局，他已经把儿子还给黄毛了，他要把他人生剩下的日子一起还给黄毛。

老王把镇子上的煤矿都跑遍了，也没人愿意雇他哪怕当个看门人，老王不死心，换了更便宜的旅店，一天只吃两顿饭，也不求一定在煤矿上找差事了，只要肯要他就行。又这么过了几天，老王身上的钱将将够买一张回去的车票，老王犹豫了一下，抬腿走向车站。

黄毛已经死了，人死了什么都不会晓得的。

一个人一种命，他到底不是黄毛，他不想在小旅店里饿死，会让人小旅店开不下去的。

儿子是已经跟黄毛姓了，但还得有人养大他啊，老王不回去的话，矿上怕也不能一直发退休工资吧，到时候娘俩怎么生活呢？

和黄毛是好兄弟，欠他的来世再还吧，好兄弟，有来世的。

……

车开了，老王已经完全说服了自己，现在的他，想吃李秀兰做的毛豆烧鸡了。

老板凳

小板凳走到水塘边，看见洗衣裳的妇人家又回了头，他要在水塘里请了死，日后他漂起来吓到妇人家，她们还怎么洗衣裳呢？

1

都这个年代了，老板凳还没得手机，不光没得手机，连座机他都没得，什么 Wi-Fi，什么网络更是跟他一点儿关系都没得。不要以为老板凳穷得很，买不起手机，街上人都讲老板凳“有钱得很”，老板凳有做皮鞋的好手艺，这些年不晓得挣了几多钱，人家只是不拿出来显摆罢了，连挣的角子都要存银行里头等着生钱。街上人都晓得老板凳有钱，但没几个人羡慕嫉妒老板凳，一个打了一辈子光棍无儿无女的残疾人，不管有钱没钱，总归是个可怜人。

老板凳的残疾是出娘胎就带着的，他生下来左腿就短一截，脚上只有两个粉红色的小肉芽子，脚趾头都没长全，右腿是长全乎了，但膝盖和脚都往外翻，硬撇都撇不过来。老板凳他妈想把他在茅厕里溺了，免得以后活到受罪，老板凳的大大是个男子汉，心肠却比他婆娘要软一些，他把老板凳包起来捧在手里，绕了粪坑转了几圈，咬咬牙又捧了回去，被他婆娘用棒槌摭了几下，也就把老板凳留下了。

老板凳长到三岁的时候还只能在地上爬，家里穷，里里外外都铺不起水泥地，地上还是晴天扬土雨天沤水的泥巴地，他妈看到满地爬浑身黑黢黢的老板凳心里厌得很，虽不至于动手打他，骂几句是少不了的。

“爬蛆一样的爬，你怎还不爬到茅厕里淹死咯！”

老板凳他妈这么骂的时候并不避着自己男人，在她眼里，她男人就是个窝囊废，好不容易生出老板凳这么个怪物东西，之后几年再没怀上，简直是个废物东西。

老板凳他大大心里晓得婆娘把自己当个废物东西，可他没得法子想，换婆娘那是有钱人才能干的事，他这样穷得叮当响也没有脸模子的人能找个婆娘不比登天难，也不见得比登天容易，婆娘再嫌他他也要巴着婆娘，一个家没得婆娘哪能叫家呢？他为了不让老板凳在地上乱爬惹他婆娘嫌，就用废木料子做了两个小木拐给老板凳，在堂屋里手把手教老板凳用。老板凳拄着小木拐踉跄了几步，小木拐就脱手飞了出去，老板凳正经摔了一个嘴啃泥，老板凳他大大在一边看得直叹气，老板凳却呸了几下嘴里的泥，扶着手边的一个小板凳站起来。他端起小板凳往前挪了一下腿，摇摇晃晃要倒的时候，用小板凳撑住了身体，等站稳了又往前挪了一步。挪了几步有点累了，老板凳一转身还在小板凳上坐下了，老板凳他大大一看，这拐应该是白做了，有个小板凳就够了。老板凳在这一年第一次有了让人能喊得出口的名字：小板凳。

小板凳五岁的时候，他妈跟人跑了，他大大带着小板凳出去找了个把月，在稻子熟了的时候回来了，虽说没找到人不甘心，但田里的稻子也不等人。等收完了稻子又惦记着地里的豆子，一来二去，他大大的脚就没再跨出过村子口。

九岁的时候他大大给他打了一只跟他个头匹配的新板凳，那时候小板凳已经两年没长过个子了，父子俩心里都晓得长个子的事情没得指望了，所以他大大做那个板凳的时候格外仔细，做完不光用砂纸打了几遍，还上了清漆，为了让板凳经用些，拐拐角角的地方，还有四个板凳脚都用轮胎皮包了，用钉子钉得牢牢的。他大大心里盘算这个凳子用个十年八年应该没得问题，到时候小板凳应该也学会了他的木匠手艺，以后的板凳都不用他再操心了。他大大算盘打得好，无奈命不好，第二年天热得古怪，还没到六月心的时候，男子汉们身上的褂子已经穿不住了，个个都打着赤膊在脖子上搭条毛巾，时不时地还要把毛巾投个冷水过一下擦擦浑身的臭汗。小板凳他大大打着赤膊在地里薅草，不到半天的工夫就倒在地上嘴里吐白沫沫，村里的人还没把他抬到家门口，人就没了气。

村里的人帮忙给小板凳的大大下了葬，小板凳还没成年，照理应该送到福利院，但村里的人个个都是沾亲带故的，没人愿意第一个开这个口，一个二个都不开口，小板凳就没挪地方，还在老屋住着，村里的妇女隔三岔五舀点米摘点菜送去，也亏了是穷人的孩子早当家，小板凳在他妈跑了之后就学会了烧锅，有米有菜做口热饭对他来讲不是么难事。

难的是每天日落的时候，看着村里的人三三两两扛着锄头从田里有讲有笑往家走，远的近的家家屋顶上都炊烟袅袅，妇人家在赶鸡鸭回笼，小伢子在一旁不晓得是帮忙还是捣乱，总是热闹得很，他不由自主地凑过去，人家见到他，客气是客气，眼里的可怜和嫌弃都叫他心里凄惶得很。

晚上小板凳躺在床上翻来覆去睡不着，他掰着指头数一数他今年十岁，就算活到他大大的年纪 40 岁死，也还有老长老长的时间，长到他想象不出到底是多长，长到让他害怕。他想到水塘里请死，他前些天听讲小王村有人跳水塘请了死，两天人就漂起来了，让村里人给埋了。小板凳走到水塘边，看见洗衣裳的妇人家又回了头，他要在水塘里请了死，日后他漂起来吓到妇人家，她们还怎么洗衣裳呢？听讲喝农药死得快，但他买不起也不想去偷，坏人才偷东西，况且就他这个身坯，怕是偷也偷不到。用刀子又怕疼。

小板凳想了两个晚上，决定离开村子到镇上去。镇上有一条河，他跟大大当年找他妈的时候路过过，那条河水虽然不深，但淹死他肯定是够的，小板凳跟墙角靠着的扁担比了比——他还没长到扁担高呢。

这天晚上，小板凳拄着他的板凳走了大半宿，才摸到上镇子上的大路，等他摸到河边的时候，天已经亮了，旁边大桥上的人群熙熙攘攘，卖豆腐的挑着沉甸甸的担子，担子这头是一大篾篮子豆腐，那头是一桶豆浆，都用薄纱布搭盖着，怕蝇虫落下去。卖豆腐的人走了几步寻了空地放下担子，轻轻地把搭在豆腐上的纱布掀起一角，豆腐的香气窜出来一缕缕，吸引住了路人的脚步：豆腐怪好哩！卖豆腐的人有些得意，叉着腰吆喝起来：“豆腐！滚热的豆腐！还有新鲜的豆浆来一碗咧！”

卖小菜的老人把菜叶上的露水抖落干净给人放进菜篮里：“早上现摘的，嫩得很咯！随你怎么炒都好吃，市场里没得像我这么好的菜。”

老人说得信心满满，叫人不得不信。

小板凳站在河边看着桥上热热闹闹的人，心想现在怕也不是请死的好时候，还是等到晚上再讲。

小板凳把板凳放下坐在河边歇了口气，望着河水发呆，卖豆腐的人不晓得么时候就卖光了豆腐，到河边洗他的篾篮子和木桶。卖豆腐的人把篾篮子投进河水里捞了捞，捞干净了扣在河滩的鹅卵石上晒太阳，纱布搓干净了也搭在篾篮子上晾着。小板凳还在一边发着呆，卖豆腐的人从腰间解下一个搪瓷缸子，扶着木桶往下歪了歪，又舀出一缸子的豆浆，他喝了一口豆浆，像想起什么似的，又从腰间解下半袋子白糖倒了一大半进缸子里，他用手腕的力晃着缸子，使糖能溶化在豆浆里又不至于将豆浆洒出来，他又喝了一口豆浆，咂摸了下嘴点点头，看上去对豆浆的味道很满意。

小板凳看着卖豆腐的人，不由自主地吞了吞口水，卖豆腐的人听见了吞口水的声音，又从桶里舀了些豆浆递过去，客气地对小板凳讲："莫嫌弃欸，喝一点儿。"小板凳摇摇头，指了指卖豆腐的人腰间的白糖袋子。

九月的天气，不冷也不热，豆浆搁了一早上倒也没冷透，小板凳喝了两大缸子甜豆浆，最后缸子里没化干净的白糖他也用手掏出来仔细地吃了，白糖里在牙齿缝中间沙沙甜甜得叫人开心，小板凳的嘴角黏糊糊的，反复舔了好几回，再舔一舔还是甜丝丝的，"不死也中吧。"小板凳心想。

小板凳死是不想死了，可也不想回村里去，他坐在河滩上，心里也没什么主意，卖豆腐的人要挑担子走了，小板凳巴巴地看着卖豆腐的人，卖豆腐的人走出两步回头，看见小板凳巴巴的眼神还在瞅着，他的步子有点走不动了。

"你是哪家的小伢？家里人咧，怎么也不管你？"卖豆腐的人问。

小板凳摇摇头："死了。"

卖豆腐的人一下愣住了。

小板凳安慰他："不要紧的，我迟早也要请死的。"

卖豆腐的人回过神来："瞎讲，你才几岁就要请死。"

卖豆腐的人把小板凳的板凳放进篾篮子里装着，让小板凳坐进大木桶里，把小板凳和他的板凳一起挑走了。

这讲起来都是30多年前的事情了，卖豆腐的人死了也有二十几年了，当年的小板凳已经变成了老板凳，而老板凳已经不记得卖豆腐的人叫么名字了，只记得是姓张，弓长张。

2

小板凳在油厂旁边的我奶奶家住了小半年，到第二年打春的时候，已经跟着我奶奶认得不少字，分得清弓长张和立早章了。我奶奶早前上过私塾，写字算数她会的这些都教了小板凳，小板凳也灵敏，我奶奶每次都要跟卖豆腐的老张夸上两句小板凳学东西学得快。小板凳虽说是老张捡来的，但听别人夸的时候心里头还是有些捡到宝般的得意。其实，小板凳哪算得什么宝呢？

老张那天挑走了小板凳，没敢带回家，而是挑到了我奶奶家门口，老张晓得我奶奶心好，肯定会留下小板凳。老张跟我奶奶讲他不能把小板凳带回去，怕家里疑心病的婆娘要吵死，但又不忍心不管。我奶奶没多问，把小板凳留下了，家里是穷，留下小板凳以后煮饭恐怕只能多加一瓢水，从吃干的到喝稀的，可也比留他在外头没人管饿死了要强些。

说起老张家婆娘的疑心病也不是没有来由，老张天生多情种，心肠耳根子又软，早上卖豆腐，白天下矿挖煤，挣的钱一半交给家婆娘，一半也给了外面的野婆娘。这些事街上的人多少都晓得些，我奶奶晓得老张有些做贼心虚——怕把小板凳领回去了被人当自己在外面的野种看，自然也不会多问。

小板凳在我奶奶家住着自在又不自在，自在的是我奶奶和她家里的人从他来的第一天开始没把他当客人，吃饭的时候饭桌上自然多了他一副碗筷，晚上心里犯愁在哪个屋能睡的时候，就有人给他指了屋，拿了换洗衣裳，没有多关心嘱咐，什么都像理所应当的样子。让小板凳不自在的是我奶奶家太穷了，他见过我奶奶到隔壁家借米回来下锅，小板凳想着去街上捡些破烂换点钱，从早走到黑，从上街头走到下街头，最后还是两手空空地回来了。那个年月，日子不好过的不只我奶奶一家，你看着街上一个个像没得事在逛趟子的闲人，其实都是捡破烂的，小板凳那腿脚怎么比得过人家呢？

小板凳觉得自己不能再拖累我奶奶，还是请死好些，死了就哪个都不拖累了。请死的事情小板凳还没来得及细想，我奶奶就把小板凳喊过去，讲想送小板凳出去学个手艺，学手艺虽然一开始吃苦，但学满了三五年出了师，以后就能自己养自己了。小板凳想既然能出去学手艺，以后能自己养自己，恐怕就不用去请死了，小板凳点点头讲想学手艺。

我奶奶点了根烟，摸了摸小板凳的头："你腿脚不好，一般的手艺都做不了，两只手还算灵巧，送你去鞋匠家学学修鞋子修伞，以后也是门生计。"

小板凳想着在街上看见鞋匠坐在摊子前修鞋的样子，觉得确实怪合适自己的，不由得面露喜色。

我奶奶又叮嘱道："你去鞋匠家学徒，照理他看你的样子也不得为难你叫你做些重事，人家不为难你，你要为难自己，看到事能做不能做先抢着做，事要多做，饭要少吃些，不能半路让人嫌弃给送回来，被一个师父撵出来以后都不好找师父，可晓得？"

小板凳把我奶奶的话一字一句记到了心里，第二天去磕了头拜了师父。

学徒总归是要吃些苦，小板凳心里有数，挨过了五年，他快满十六岁的时候，师父让他出了师，问他是想自立门户，还是留下来做事拿工钱，小板凳心里盘算了一下，决定留下来。

小板凳拿到第一个月工钱的时候，买了绿豆糕和白糖去看我奶奶，我奶奶夸小板凳机灵，小板凳笑笑没作声，喝了几杯茶讲了几句闲话就走了。

我奶奶在送小板凳去学徒之前就考量过了，老鞋匠膝下无子，两个姑娘都嫁到外头，一年都难得回来一回，小板凳去当学徒，学成了如果留在老鞋匠身边，等到老鞋匠眼睛不中了干不动了，这个修鞋摊子就是小板凳安身立命的地方了。

这些小板凳都懂。

小板凳出师后不久，听讲卖豆腐的老张在矿底下摊上了走水，跑的时候被一根木头砸断了腰，被人背上来捡了一条命，但下半身瘫痪了。旁人都讲老张命大，摊上走水还能捡条命，老张讲自己命苦，半身不遂瘫在床上天天被家里的婆娘嫌弃还不如死在矿上。小板凳跟我奶奶一起去看老张，临走的时候把这段时间攒的钱都塞在老张的枕头底下，老张偷偷拉住小板凳，把钱又塞给小板凳，老张讲你要是真为我好就给我买包老鼠药去，我要请死。小板凳不晓得怎么劝老张，他想如果他是老张，应该也想请死。看着老张期待的眼神，小板凳点了头答应了。

小板凳真的去街上买了一包老鼠药，他每天都把老鼠药揣在口袋里，但他却没胆量踏进老张家的门，他只是隔三岔五去桥头买块豆腐。现在卖豆腐的是老张的儿子小张，小张和老张长得一点儿都不像，做的豆腐味道倒是一样。小板凳问小张他大大老张怎么样，小张的回答总是还好，老样子。

老鞋匠骂小板凳死抠，总是买豆腐回来也不晓得搭点荤，天天吃寡豆腐还不如去当和尚。小板凳听进了心里，这一天先去肉铺称了二两肉，再拐去桥头找小张买豆腐，到了桥头找不见小张，一打听才晓得老张昨夜里用一只丝袜把自己在床头吊死了，听讲小张半夜起来做豆腐的时候还给老张接了尿，等做完豆腐给老张送豆浆去的时候，老张的气已经没得了，身子还是热的。

老张死的事情在街上沸沸扬扬传了好一阵子，有的讲老张肯定不是自己吊死的，床头就那么高，勒到一半人难受了头一抬就死不了了，哪有人那么想死还不怕死呢？恐怕是老张家里人不想伺候瘫子偷偷给勒死了，应该去公安局报案。也有的讲老张瘫了之后一直想请死，丝袜是老张在外头的野婆娘偷偷从窗子外头递给他的，他的野婆娘算是他的知心人，晓得他是真的不想活了，才帮他完成心愿……

人们只是传着闲话，并不真的在乎真相。小板凳把那包老鼠药偷偷丢在角落垃圾堆里，第二天他丢垃圾的时候发现多了几只死老鼠，小板凳看着死老鼠心想就算老张吃老鼠药死了，闲话恐怕也是不会少的。

3

老张死了之后，小板凳很多年也没再经历过什么大事情。只记得有一年发大水，他们村上的人找到了他，讲他家老屋被水冲走了他还要不要回去修，他摇摇头，村上的人掏出一张纸让他按了个手印就走了。这一回他看懂了一些事，村里并没有人惦记他，他们一直晓得他在街上却从不过问，累赘自己走了，谁都不想再给捡回去。

人生的很多事情是一通百通，小板凳变成老板凳，通的事情也越来越多，他修了几十年皮鞋，忽然就动了做鞋子的心思，心思一直在盘，真动手开始是在他师父咽气的那天。晚上他一边守夜一边做鞋，画图样、做格版、裁皮料、车线、刷胶，敲敲打打忙活了三天三夜，在出殡的头一天晚上，他顺利地做出了第一双皮鞋，给师父换上了，让这双新皮鞋陪师父入了土。

合适，什么都合适，没什么比做皮鞋更合适的事了，老板凳心想。

葬礼之后，修鞋摊没了，老板凳拿出积蓄盘了一间门脸，积蓄有限，门脸的市口很平常，面积也不大，老板凳找人打了一个有墙高的鞋架把门脸分了前后，前面是迎来送往的店，后面是老板凳吃喝拉撒的家。

老板凳的鞋店悄没声地就开张了，许多人都是先到原先摆修鞋摊的地方找老板凳，发现那儿改成卖烤山芋的了，从卖烤山芋的人嘴里才晓得老板凳在下街头的拐角开了个鞋店。要修鞋的人找到老板凳的店门口，伸头望望：“哦哟！老板凳啊，现在开店了鞋子可还修了？”

老板凳不言语，伸手接过要修的鞋子：“明朝来拿。”

来的人却也不走，仰头看着一墙高的鞋架，伸手比画了一下：“这么高的架子你能够得到哇？”

老板凳默不作声。

“你拄着板凳哈能爬梯子啊？”来修鞋的人按捺不住自己的好奇心，后退两步往架子更高处看，“这么大一个架子怎就摆了这两双鞋子？开店蛮总要进点货摆到啊！”

老板凳这时候想起了死去的师父，要是师父在的话肯定就拿话顶别人了，这是他第一次真正意识到这个世界上再也没有他师父这个人了，他些微感到伤心，但没有影响手里的活计，穿鞋线的针脚还是细密均匀。

来的人又盘桓了一歇歇，大约也觉得在老板凳身上找不到更多的乐子，一猫身又钻到旁边的录像厅，继续去找他想要的乐子。

老板凳的鞋店平日里见不到什么人去光顾，但他每月月中都雷打不动地进城去进货，早上搭客车去，下午返程的客车总会绕到他店门口停下，下车的除了老板凳，还有他进回来的那些皮子货。

“老板凳的生意肯定好，不然进那么多皮子货搞嘛？”

客车司机这么跟人讲闲话的时候，老板凳的生意也就一般，他每个月都去进皮子货不过是怕有一天他腿脚不行了（虽然他腿脚没行过，可现在好赖能靠着板凳活动），不至于断了自己的活路。

误会老板凳生意好的人除了客车司机，还有皮料行的老板娘徐大姐，她看着不起眼的老板凳月月来进货，每次来挑皮子的时候话不多，看皮子的眼睛眨都不眨仔细得很，皮子一过手是几层的不用介绍心里就有数。徐大姐有些好奇老板凳的手艺，这一天老板凳来进货的时候，徐大姐喊住老板凳，说想给她儿子定做一双皮鞋。40码、瘦脚，徐大姐这么嘱咐着，老板凳点点头没讲话。

徐大姐：“欸？你倒是答应还是没答应？”

“先看看脚，再做，不然，做不好。”

老板凳一字一句地讲着，徐大姐也看出了老板凳的坚持，她没多话，喊来了儿子，在店里脱了鞋给老板凳看脚，老板凳托起徐大姐儿子的脚看了，捏了，量好了脚围，点了头。

老板凳没想到给徐大姐儿子做的鞋子能给他带来那么多生意，徐大姐儿子觉得鞋子好穿，徐大姐又动了心思给她丈夫、公公、婆婆一人定了一双，她丈夫和公公婆婆穿完也觉得好，又各自跟人推荐了老板凳，这么一传十十传百的，老板凳的生意竟然在城里做起来了，每个月老板凳进城进皮子货也是他接新订单的时候。徐大姐仗义，在自己店里专门摆了一张小桌子给老板凳登记订单用，店里排着队让老板凳看脚量脚围的客人徐大姐也客气地帮忙招呼，老板凳做好的鞋子也是放在徐大姐店里让人来取。

老板凳心里很是感激，想送徐大姐一双鞋子，徐大姐也坦荡，没有推辞就坐下来让老板凳看脚量脚围。

徐大姐爽快地笑着："嘿嘿，你不讲要送我一双鞋，我都要叫你送我。"

老板凳频频点头："应该的，应该的。"

"哪有什么应该不应该，你生意好在我这儿进皮料我也赚了你钱，你啊，就当我脸皮厚哦，我这个人小气得很，不舍得给自己花钱，我看他们都有你做的鞋子，心里也馋哦，就等哪一天憋不住跟你开口要呢，哈哈哈。"

说完徐大姐又开心地笑了起来。

老板凳看着徐大姐也跟着笑起来。

徐大姐穿了老板凳送的鞋之后更为老板凳操心大事小情了，徐大姐晓得老板凳在镇子上生意不多之后劝老板凳进城，反正生意都在城里头，他腿脚不方便嘛省得来回跑。

老板凳想了想徐大姐讲得有道理，但还是打消了这个念头，他晓得自己是么样的人，能过么样的日子。城里头看着热热闹闹的人多，其实冷清得很，人人进了家都是关门上锁那一套动作，住了几年的邻居在街上碰见了也认不得。而他住的小镇街上，不管是沿街开店的，还是巷子里住家的，白日里的大门总是开着的，人人都在做自己手上的事情，但时刻是关心着外头的，左边隔壁家早上就斩了鸭子吃，右边邻居家的小伢中午摔了一跤，这些小事从早到黑都有人听着看着讲着，老板凳有时觉得腻烦，不喜欢这样的热闹，但他晓得他离不开这种热闹。

离不开是因为他怕自己有一天像矿上的黄毛那样，死在屋里头臭了都没人晓得，住在街上就不用怕了——老板凳试过了，他有一天晚开门半小时，对门米店的老陆就开始喊门："死懒鬼，哈困觉，不开门做生意要饿死在屋里头哇！"喊几声没听到动静还会绕到后窗瞄一眼看看老板凳在不在屋里。

这老板凳不肯进城的理由，徐大姐倒也理解，但徐大姐想不到老板凳竟然不同意她给他找的婆娘，徐大姐大老远从城里赶过来，原以为老板凳会高兴得要死，谁想到他竟然一口回绝了。

徐大姐有些着急："你不是怕死在屋里头没人晓得？找个婆娘不就不用操心这些了嘛！你现在又不是没得钱讨不起老婆！"

老板凳坐在板凳上摇摇头："不哄你，我真的不想讨老婆。"

徐大姐叹口气："我给你找的是个好女人，虽然离过两次，但那都是她命不好，没遇到好男人。人家女的晓得你的条件，也同意，你不要自己心里头过不去。你怎不信我喃？"

老板凳："不是条件不条件，是我确实不想讨老婆，实话讲，我从小到大，一次都没想过女人……一次都没有，我对天发誓。"

徐大姐脸色一变："你现在才30多岁，正当年的时候，哪个男的会不想女的，你不想女的难道想男的吗？"

老板凳苦笑："男的……我更不想，我哪个都不想，我这辈子，这辈子，就想一个人过。"

徐大姐摇头："我想不通……"

老板凳也没办法对着徐大姐这样一个生活在阳光底下的人讲他灰暗的过去，讲他自己都讲不清楚的缘由。送走了徐大姐，老板凳坐在家里，觉得四周的墙壁都长了腿似的在慢慢朝他挪动，他慌忙起身拄着板凳一拐一拐走到街上，一步不停地朝我奶奶家走去。

我奶奶家总是他的一个去处。

他有几个月没到我奶奶家走动了，他开了店，手里活计多，也没赶上年节的，就懒得动弹了，更是因为我奶奶家一直住着许多七七八八的人，他也不怕她孤单了。

到了我奶奶家，我奶奶正在打麻将，老板凳环顾了四周的墙，发现墙没长腿，老板凳松了口气，坐在我奶奶身边看她打牌。我奶奶的牌技已经不如从前，打完八筒上听，却留着八筒打二条，他帮我奶奶把二条拿回来叫她重新打，我奶奶打完八筒摸第二张就和了牌，罪魁祸首老板凳难免挨了桌上几句骂，老板凳笑嘻嘻地赔着笑脸，掏出一包烟拆了挨个敬过去，敬完了的烟他塞进了我奶奶围裙的兜里。

我奶奶笑眯眯地看着老板凳："是好烟吗？"

老板凳笑了一下点点头，扭头瞥见我奶奶眉梢上的老年斑变得更大了，他盯着那块老年斑看了一歇歇，想伸手摸一下，想想还是算了，又陪在我奶奶身边打了几圈麻将就回去了。

老板凳不晓得自己能不能活到长老年斑的那天。

有人给老板凳介绍婆娘老板凳不要的事情很快就在街上传遍了。老板凳晓得是对门米店的老陆讲出去的，除了他没得旁人，徐大姐来的那天，老陆的耳朵竖得比兔子还长……

老板凳不得已当了几天"明星"，走到哪都有人"采访"。

"老板凳，听讲人家给你讲老婆你不要啊？你怎想的，当个老童子快活啊？"

"老板凳，你不喜欢女的可是喜欢男的？"

"老板凳，你下面是不是不中？"

一般问得这么直接的都是街上的男人，你很难说他们不怀好意——他们没有受过太多的教育，所有都是本能的反应。老板凳想像以前那样把他们的话当耳旁风，但这阵风有点太大了，很难让人假装听不见，听见了又要不往心里去，对老板凳确实也是一种考验。

比起街上男人的话，让老板凳更难受的是街上的妇女，她们忧心忡忡地看着老板凳，眼神深处里有凝望将死之人的悲悯，仿佛老板凳拒绝的是他最后一根救命稻草却不自知，她们极力想劝老板凳把那根稻草捡回来。

“男人总是需要一个女人当家的，有人肯跟你，你还挑什么呢？什么脸模子，什么身条子都是假的，关了灯都一样……年轻的时候搭伴过日子，万一老了瘫了身边有个人照顾是多好的事喃。”

“老板凳，你听我的没得错，赶紧把婆娘讨回来，三下五除二先生几个小伢出来，你又不是养不起，我跟你讲，这个残疾不见得是遗传，你有钱给孕妇多搞点营养品吃吃，肯定能生出好小伢，有了小伢你的后半辈子就把稳咯。”

老板凳有些吃惊，这些女人好像有一种超能力，什么问题在她们嘴巴里都能轻轻松松地解决，一切难题的答案都可以是结婚生小伢。他对女人认知有限，他怀疑是不是全天下的妇女都这么想。

如果是，那可真是太可怕了。

老板凳没想到的是，最可怕的并不是这些妇女，而是街上乱跑的半大小伢子们，他们听到大人讲老板凳的闲话，也跟着学起来，大人听见了只是笑骂几句没得人当真，小伢子们就肆无忌惮起来。

“老板凳，你可是下面不中？你脱裤子给我看看瞧来！”一个小伢子喊。

“你脱裤子跟他比比瞧罢！”另一个起哄。

“脱裤子！脱裤子！”其余的小伢子们跟着哄起来。

一群小崽子们便围上了老板凳，要扒老板凳裤子，老板凳好歹有些手劲，推开一个，又甩开两个，一个豁牙的瘦些的小伢子摔倒在旁边的沙堆上，捂着一嘴的血站起来当街大哭起来。人人都去安慰小伢子，指责老板凳手上没得轻重，小伢子们只是起哄开玩笑，他却下狠手，小伢子的爸妈也来了，不依不饶地把老板凳扭进了派出所，张口要一万元的赔偿。

“小伢子牙都摔掉了要一万元多吗？哪个都晓得老板凳有钱，他又不是赔不起。”小伢子的爸跟调解的民警讲。

老板凳不吭声，不讲赔，也没讲不赔，就是低着头坐在那儿，像魂不在身上一样。

民警没得法子，只能请老板凳去拘留室蹲一夜。

第二天一早，我奶奶到了派出所，讲人家松了口，只要赔3000元就和解，试探问老板凳可中。老板凳看着我奶奶犹豫了，他不晓得从10000元到3000元这中间我奶奶费了多少口舌，但他心里就是不服。

看老板凳不松口，我奶奶反而笑了：“不服就对了，这时候不硬气还要等到么时候硬气？竹杠哪能随便给人敲了？本来就是小豁牙，想赖你头上，昨晚我跟他们吵半天没吵好，我还有些怕你答应了。”

老板凳：“不赔怎么搞？”

我奶奶：“恐怕要去拘留所蹲几天，你可中？”

老板凳：“中。”

老板凳从拘留所回来的时候，街上的闲言闲语还在，但没人敢当着老板凳面上讲了，都讲兔子急了会咬人，老板凳这只兔子已经叫他们吃了惊。老板凳照旧在店里做他的鞋子，对门的老陆看见老板凳回来了，背着手在门口绕了两圈，走到鞋店门口。

老陆：“回来啦？”

老板凳：“回来了。”

老陆：“真羡慕你一个人自在哦。”

老板凳干笑了两声没搭话，老陆也不以为然，在门口点了根烟又回到自己米店门口坐着，没多久就听到他家婆娘的骂声：“又吃烟！吃你妈的么烟，熏死个人！”

我奶奶晓得老板凳回来了，去桥头买菜的时候顺便拐到了老板凳的店里，老板凳看见我奶奶来了，放下手里的活计，给我奶奶泡茶、递烟。

我奶奶：“你连派出所都进过了，名声好不了喽，我怕以后都没得人愿意给你介绍婆娘啰。”

老板凳苦笑了一下，给我奶奶点上烟。

我奶奶喝了茶抽了口烟，快活地叹口气："照我讲还好些，你看你现在一个人多自在，有吃有喝有钱挣，快活得很。"

老板凳笑笑没讲话。

我奶奶："你要一个人不觉得孤单，自己过就怪好，攒点钱老了住好一些的养老院去，我看比指望哪个旁人都强。"

老板凳："老太，你讲的是咧。"

我奶奶："街上有些人嘴巴碎，你把他们当个屁放了就中了。"

老板凳："唉，还麻烦你特地来宽我的心。"

我奶奶指了指手边刚买的豆腐："哪个是特地来宽你的心哦，我是特地来买豆腐咧。"

一老一少又喝了歇茶，讲了几句闲话，老板凳送我奶奶出门，我奶奶走了两步像想起什么似的："老板凳，你这省了3000块钱，干脆去买个轮椅坐着快活些吧。"

老板凳笑了："老轮椅叫起来怕是没得老板凳好听吧？"

这一天早上，老板凳清闲得很，皮鞋的订单都做完了，货也发了，他一时不晓得做些什么，在店门口呆呆地望着远处，望着望着就望见街角扯起一个卖老鼠药的地摊，老板凳心想：也是时候准备了。

老板凳朝药摊走过去，没走两步，只见米店的老陆拿个扫把从店里冲出来赶卖老鼠药的人："滚走！滚走！"

老陆的扫帚在他腿边作势挥打着。

卖老鼠药的人赶紧收摊子："有话好好讲嗟！莫打人！"

老陆气呼呼的："你怎么想的，敢在老子米店门口卖老鼠药，人家看见不以为我店里头有许多老鼠啊，我家米人家敢买啊？走走走！"

没等老板凳走近，卖老鼠药的人已经跑得没影了。

老板凳看着还在门口挥扫帚的老陆心想：恐怕还不到时候吧。

FONGHONG
凤凰联动出品